Arena-Taschenbuch
Band 50897

Weitere Bücher in der LIFE-Reihe im Arena-Taschenbuch (Auswahl):
Andreas Schlüter: *Lösegeld* (Band 50893)
Kristina Dunker: *Helden der City* (Band 50894)
Jana Frey: *Kein Wort zu niemandem* (Band 50896)
Beverly Naidoo: *Die andere Wahrheit* (Band 50895)
Brigitte Blobel: *Feuerprüfung. Wenn Freundschaft keine Regeln kennt* (Band 50853)
Jürgen Banscherus: *Das Lächeln der Spinne* (Band 50805)
Jürgen Banscherus: *Asphaltroulette* (Band 50806)
Jürgen Banscherus: *Novemberschnee* (Band 50807)
Jürgen Banscherus: *Davids Versprechen* (Band 50808)
Christa-Maria Zimmermann: *Gefangen im Packeis* (Band 50662)
Harald Parigger: *Der Dieb von Rom* (Band 50663)
Rainer M. Schröder: *Das Geheimnis des Kartenmachers* (Band 50664)
Angela Mohr: *Vergiss nicht, dass du tot bist* (Band 2777)
Brigitte Blobel: *Jeansgröße 0. Kein Gramm zu viel* (Band 2772)
Brigitte Blobel: *Die Clique. Wenn die Gruppe Druck macht* (Band 2773)
Brigitte Blobel: *Herzsprung. Wenn Liebe missbraucht wird* (Band 2774)

Carry Slee,
geboren 1949, lebt heute in Bergen in den Niederlanden. Ihre Kinder- und Jugendbücher, vor allem ihre realistischen Jugendromane, machen sie zu einer der populärsten holländischen Autorinnen, die für ihr Werk bereits zahlreiche Auszeichnungen erhielt.

Carry Slee

Tanz im Rausch

Aus dem Niederländischen
von Monika Götze

Arena

Informationen zu Unterrichtsmaterialien
unter www.arena-verlag.de

1. Auflage als Arena-Taschenbuch 2016

Zuerst erschienen unter dem Titel »Afblijven« bei
Foreign Media Books, Amsterdam
Aus dem Niederländichen von Monika Götze
Umschlaggestaltung und –typografie: Sibylle Bader
Gesamtherstellung: Westermann Druck Zwickau GmbH
ISSN 0518-4002
ISBN 978-3-401-50897-9

Besuche uns unter:
www.arena-verlag.de
www.twitter.com/arenaverlag
www.facebook.com/arenaverlagfans

1.

Jan grinst übers ganze Gesicht, als er die schwere Holztür hinter sich zuzieht. Er hat es geschafft, er kriegt den Job! Am Montag kann er anfangen. Dreihundert Gulden im Monat bekommt er und dafür muss er lediglich ein paar Stunden pro Tag sauber machen. Es war gar nicht so einfach gewesen – all die Fragen, die er dem Kerl beantworten musste.

»Bist du geschickt?«

»Aber sicher, sehr geschickt!« Er hatte lieber verschwiegen, dass jedes Mal, wenn er den Geschirrspüler einräumt, etwas kaputtgeht. Und dass er gestern in den Wassereimer mit Seifenlauge getreten ist, als er zu Hause den Boden wischen musste.

Auf jeden Fall kann er jetzt im Sommer mit Melissa und ihren Eltern nach Kreta fahren. Seine Eltern hatten sich geweigert, ihm die Reise komplett zu bezahlen, weil er vorher noch auf *Tiener-Tour** gehen wollte.

Er hatte schon befürchtet, Kreta absagen zu müssen, aber jetzt ist das Problem gelöst. Das fehlende Geld wird er selbst verdienen. Jan hätte nicht gedacht, dass Melissas Eltern damit einverstanden sein würden, wenn er mitkäme. Aber Melissa hatte es sehr geschickt eingefädelt. Sie hatte

* Traditionelle Fahrt von Teenagern in den Niederlanden nach Abschluss des Schuljahrs, mit einem speziell dafür eingerichteten Ticket der Bahn.

so getan, als wäre die Reise für Jan so etwas wie eine Studienfahrt. Ihre Eltern wissen nämlich, dass er später mal Archäologie studieren will. Sie kennen ihn schon lange, schließlich ist er mit Melissa bereits zusammen in die Grundschule gegangen.

Melissa hatte ihnen einfach erzählt, dass sie zusammen nach Knossos fahren wollten, um den Palast des König Minos zu besichtigen, und dass Jan die Archäologen dort fragen wolle, ob sie bei den Ausgrabungen helfen dürften. Das hatte gewirkt.

»Das ist nun wirklich etwas anderes als die Rumhängerei auf dem Campingplatz wie letztes Jahr«, hatten Melissas Eltern gesagt.

Jan muss darüber jetzt noch lachen. Er hat beim besten Willen nicht vor, den ganzen Tag Ausgrabungen zu bewundern. Sie werden auf jeden Fall auch am Strand in der Sonne faulenzen.

Dreihundert Gulden im Monat! Was er damit alles machen kann. Jan hat Lust zu feiern. Ob er noch kurz in ihrer Stammkneipe *Central* vorbeigeht? Seine Freunde sind bestimmt noch da. Freitagabends trinken sie dort immer was, um sich aufs Wochenende einzustimmen.

Bei der Gelegenheit könnte er auch gleich Kevin reinlegen. Der hatte ihm diese Woche eine Scherbe gezeigt, eine sehr alte, wie er behauptete, die angeblich sein Opa gefunden hat. Jan könne sie für einen Zehner haben, meinte Kevin. Zuerst war Jan darauf reingefallen, aber als er genauer hinsah, erkannte er das Muster vom Service von Kevins Mutter. Doch er ließ sich nichts anmerken.

»Sieht interessant aus. Okay, schlag ein – der Handel gilt!«, sagte er. »Morgen kriegst du einen Zehner von mir.«
Jan freut sich schon jetzt auf Kevins Gesicht. Gestern Abend hatte er am Computer einen Zehn-Gulden-Schein eingescannt und bearbeitet. Er sah so echt aus, dass selbst Melissa keinen Verdacht geschöpft hatte. Jan ist ziemlich sicher, dass auch Kevin darauf reinfällt.
Pfeifend radelt er ins Zentrum. Als er vor dem Café *Central* ankommt, sieht er gleich Kevins BMX-Rad. Er kann nicht verstehen, dass dieser Idiot jeden Tag darauf zur Schule fährt. Jan ist einmal Probe gefahren: Man muss sich totstrampeln, um überhaupt vorwärts zu kommen.
Er reißt die Kneipentür auf. »Hallo, Leute, ich gebe einen aus!« Seine Freunde trauen ihren Ohren nicht. Jan hat nie einen Pfennig in der Tasche.
»Es gibt was zu feiern! Ich habe einen Job bei einer Reinigungsfirma. Dreihundert Gulden im Monat, Leute, Montag fange ich an.«
»Dreihundert im Monat?« Kevin fällt beinahe vom Stuhl. »Können die noch jemanden gebrauchen? Ich will einen Rotor* für mein BMX haben.«
»Den bekommst du von mir, für dein gutes Zeugnis«, sagt Jan väterlich.
»Idiot!« Kevin gibt seinem Freund einen Tritt. Fleur und Debby müssen lachen, obwohl sie Jan gemein finden. Kevin hat nämlich heute zu hören bekommen, dass er in fünf Fächern mangelhaft steht.

* Rotationsring zum Einbau in die Vorderradstange, der dem Lenker eine Umdrehung von 360 Grad ermöglicht.

»Wenn du schon einen ausgibst, habe ich auch einen Wunsch«, sagt Fleur. »Ich könnte einen CD-Player gebrauchen. Zwei Monate arbeiten und du hast das Geld beisammen. Das bin ich dir doch wert, oder?« Fleur sieht ihn zuckersüß an.
»Vor allem, wo dir die Arbeit sicher viel Spaß machen wird«, setzt Kevin noch einen drauf.
»Sei ehrlich: Kaugummis aus Aschenbechern kratzen und Klos sauber wischen – da stehst du doch drauf!«
»Ihr seid wirklich tolle Freunde«, lacht Jan. »Gut, dass ich euch hier noch über den Weg gelaufen bin. Sonst noch was? Debby, hast du keinen Wunsch?«
»Ich suche einen sexy Typ; wenn du mir da weiterhelfen könntest?«
Na, großartig, denkt Jan. Debby hat mal wieder nur Jungs im Kopf.
»Ach ja, du bekommst noch Geld von mir.« Jan zieht den gefälschten Zehner aus der Tasche. Kevin nimmt ihn lachend an sich. »Nicht schlecht für eine Scherbe vom Geschirr meiner Mutter. Und der will später Archäologe werden, Leute. Wenn du so weitermachst, bist du bald pleite!«
»Verdammt«, sagt Jan und gibt sich Mühe, verärgert zu klingen. »Das ist Betrug! Die sah aber wirklich echt aus. Her mit dem Zehner.«
»Mach dir nichts draus. Komm, ich hol uns was zu trinken.« Und Kevin schlendert siegessicher zum Tresen.
Jan stößt die anderen an. Sie sehen, wie John hinter der Bar den Geldschein entgegennimmt, in die Kasse legt und ihn dann wieder herausholt. Er prüft ihn genauer und legt ihn dann zurück auf den Tresen.

»Willst du mich verschaukeln?«
»Wieso?«, fragt Kevin.
Als John merkt, dass Kevin tatsächlich keine Ahnung hat, hält er den Geldschein vors Licht. Das Wasserzeichen fehlt.
»Das Ding ist gefälscht, Mann, da hat dich jemand reingelegt.«
Alle lachen los. Mit hochrotem Kopf kommt Kevin zurück.
»Du hast es mal wieder geschafft, de Waard.«
Fleur hält den Zehner hoch. »Er sieht wirklich ziemlich echt aus.«
»Melissa hat es auch nicht gemerkt«, erzählt Jan lachend.
»Wo ist sie eigentlich?«
»Da.« Fleur zeigt in eine Ecke des Cafés, wo sich Melissa mit einem jungen Mann unterhält.
»Wusstest du das nicht?«, fragt Debby. »Das ist ihre neue Flamme.« Jan weiß genau, dass Debby das bloß sagt, um ihm einen Schrecken einzujagen. Seit einer Weile schon behauptet sie, Jan sei in Melissa verliebt, aber darüber regt er sich schon lange nicht mehr auf. Jan geht zum Tresen und bestellt fünf Cola. Melissa wird bestimmt gleich kommen.
Kurz darauf stellt er die Gläser auf den Tisch.
»Na denn, Leute. Ihr wisst, wen ihr in Zukunft anpumpen könnt.«
»Und dann sicher mit Wucherzins zurückbezahlen«, lacht Kevin. »Ich sage Prost.«
Jan hatte recht. Melissa kommt zu ihnen.
»Bis nächsten Freitag«, hören sie sie noch sagen.
»Was ist denn nächsten Freitag?«, fragt Jan, als der Mann weg ist.

Melissa ist so aufgeregt, dass sie nicht weiß, wo sie anfangen soll. »Ich . . . also, es ist einfach unglaublich!«
Und sie gibt jedem der vier einen Kuss.
»Ich komme vielleicht in einen Videoclip.«
»Was . . .?« Ihre Münder bleiben offen stehen.
Jan sieht, wie Debby rot wird.
Melissa erzählt, dass der Mann sie angesprochen hat, als sie zum Tresen ging.
»Der Kerl hat dich schon die ganze Zeit angestarrt«, ergänzt Fleur.
»Zuerst hat er mich so angesehen, aber dann hat er natürlich sofort begriffen, dass ich so etwas nie tun würde«, sagt Debby.
Jetzt versteht Jan, warum Debby rot geworden ist. Sie kann es natürlich nicht ertragen, dass sich der Typ für Melissa entschieden hat. Zum Glück hat Melissa nichts gemerkt.
»Oh, ich fühle mich super.« Melissa trinkt ihre Cola in einem Zug aus.
»Er heißt Rob Houtenbos und sucht noch eine Tänzerin für seinen Musikclip und mich hält er für geeignet. Er muss jetzt noch sehen, wie ich tanze. Deswegen haben wir uns für nächsten Freitag in einem Studio verabredet.«
»Das dürfte ja wohl kein Problem sein«, sagt Jan. »Du bist Spitzenklasse.«
»Du bist wie geschaffen für den Clip. Du machst doch schon seit Jahren Jazzdance. Glückwunsch.« Fleur freut sich beinahe genauso sehr wie Melissa.
»Das ist genau das, was du immer wolltest!«, sagt Jan.
Melissa nimmt einen Zug von Debbys Zigarette. »Ich hab schon auch ein bisschen Schiss!«

»Was sagst du deinen Eltern?« Jan weiß, wie streng die sind. Melissa durfte ursprünglich noch nicht mal mit auf *Tiener-Tour.* Aber Fleurs Mutter hatte Melissas Eltern überredet. Das war gar nicht so einfach. Sie musste sich einen ganzen Abend lang den Mund fusselig reden.
»Na, was glaubst du denn?«, entgegnet Melissa. »Ich halt natürlich den Mund. Mein Vater bekommt einen Anfall. Ich weiß jetzt schon, was er sagen wird: ›Kümmere du dich lieber um die Schule. Das ist wichtiger.‹ Glaub bloß nicht, dass ich da hindarf. Außerdem würde er sofort im Studio anrufen und sich erkundigen, wer Rob Houtenbos ist. Der Kerl würde erst einmal auf Herz und Nieren geprüft. Aber in den Augen meines Vaters ist sowieso keiner gut genug für mich.«
»Der sah mir nicht danach aus, als ob er auf so einen Check Lust hätte«, meint Kevin.
»Nein, dann würde er doch lieber dich nehmen«, spottet Jan.
»Das ist gut möglich«, lacht Kevin. »Man konnte richtig merken, wie er zweifelte. Er wusste wirklich nicht, wen von uns beiden er nehmen sollte. Er hat bis zur letzten Sekunde gewartet und schließlich eine Münze geworfen.«
»Ich glaube, er wollte bloß eine Runde auf deinem BMX fahren«, sagt Jan.
»Steht es noch da?« Kevin rennt zum Fenster. Als er sein Fahrrad sieht, setzt er sich erleichtert wieder hin.
»Heute ist wirklich ein Festtag!«, meint Jan. »Zuerst habe ich solches Glück und jetzt du, Melissa.«
»Wie meinst du das? Hast du etwa einen Job?«, fragt sie.
Jan will Melissa gerade alles über seinen Putzjob erzählen, als er erschrocken feststellt, dass es schon halb sieben ist.

Heute Abend werden sie zu Hause früher essen als sonst, weil seine Mutter noch zu einem Kursus geht. »Ich erzähl's dir später. Ich muss los.«
»Wir telefonieren noch, okay?«
»See you.« Jan hastet aus dem Café.
Zum Glück kommt er nicht zu spät. Seine Mutter ist noch in der Küche beschäftigt. Jan geht gleich ins Wohnzimmer. »Ich habe gute Neuigkeiten«, verkündet er froh.
Sein Vater breitet gerade das Tischtuch aus. »Sicher eine gute Note in Mathe.«
»Ja, eh . . .« Jan wechselt schnell das Thema. Dieser Augenblick erscheint ihm nicht gerade geeignet, um zu beichten, dass er eine Fünf hat. »Ich habe einen Job.«
»So.« Sein Vater nimmt die Teller aus dem Schrank.
»Wir sind heute aber wieder begeisterungsfähig!«
»Ich möchte zuerst einmal hören, was für ein Job das ist«, entgegnet sein Vater.
»Sauber machen. Jeden Abend von sechs bis acht.«
Jans Vater stellt die Teller ab und sieht ihn an. »Und du glaubst, dass ich damit einverstanden bin?«
»Ich werde doch wohl nebenher jobben dürfen?«
»Dagegen habe ich nichts«, antwortet sein Vater. »Aber jeden Abend zwei Stunden lang sauber machen, betrachte ich nicht als ›nebenher jobben‹. Das geht auf Kosten deiner Schularbeit.«
»Ich bekomme dafür dreihundert Gulden im Monat!«, sagt Jan empört.
Sein Vater schüttelt entschieden den Kopf. »Wenn du sitzen bleibst, kostet mich das viel mehr.«

»Ich bleibe doch gar nicht sitzen«, versucht es Jan noch einmal, aber es hat keinen Zweck. Sein Vater hört einfach nicht auf ihn.

»Warum gehst du nicht samstags im Supermarkt arbeiten?«

»Super Idee! Hast du dir die Wartelisten mal angesehen? Wenn ich an die Reihe komme, bin ich schon längst im Altersheim.«

»Das ist mir egal«, sagt sein Vater entschieden. »Das wirst du auf keinen Fall machen. Du wirst anrufen und absagen.«

»Das geht nicht«, antwortet Jan. »Ich habe schon zugesagt, dass ich komme.«

»Hast du nicht gehört? Du sagst jetzt sofort ab!«

Jan sieht am Gesicht seines Vaters, dass es ihm ernst ist. Er nimmt das Telefon und geht nach oben. Sie brauchen sich nicht einzubilden, dass er noch zum Essen kommt. Von wegen friedlich mit seinem Vater an einem Tisch sitzen! Wenn er Hunger bekommt, kann er auch ein Butterbrot essen. Es will nicht in seinen Schädel: Da hat er endlich einen Job und dann muss er ihn absagen. Dabei hat er gerade noch im *Central* sein letztes Geld ausgegeben. Das kann ja heiter werden. Er hat noch nicht einmal Geld für eine Cola übrig und seine Freunde kann er auch nicht die ganze Woche anpumpen. Jan tritt wütend gegen seinen Schreibtisch. Er fühlt sich machtlos. Es hätte keinen Zweck, noch einmal mit Vater zu reden. Wenn der in so einer Stimmung ist, kann man's vergessen.

2.

Nur widerwillig packt Jan seine Tasche. Montag ist nicht sein Tag. Allein der Gedanke, wieder eine ganze Woche lang in die Schule gehen zu müssen – wo das Wochenende doch so herrlich gewesen war!

Der Streit am Freitag mit seinem Vater hatte nicht lange gedauert. Noch vor dem Abendessen war der nach oben gekommen, um ihm zu sagen, wie leid es ihm täte, dass er so autoritär gewesen sei. Seine Meinung hat er trotzdem nicht geändert – leider. Zur Versöhnung nahm er ihn am Samstag mit nach Amsterdam in eine Ausstellung über die Grabbeigaben der Etrusker. Sein Vater war ziemlich spendabel gewesen und hatte ihm sogar noch den Ausstellungskatalog gekauft.

»Von mir aus kannst du öfter so einen Anfall haben, Paps«, hatte Jan zu ihm gesagt, als sie nach Hause kamen.

Er nimmt seinen Rucksack und geht die Treppe hinunter. Wenig später, auf dem Fahrrad, hört er Melissas Stimme hinter sich. »Jan!« Keuchend holt sie ihn ein.

»Wieso hast du mich denn nicht gehört? Ich hab mir die Lunge aus dem Hals geschrien.«

»Sorry, hab vergessen, meinen Hörapparat einzuschalten.« Jan lacht.

»Ich habe einen Job für dich«, sagt Melissa.

Jan traut dem Braten nicht. »Heute ist nicht zufällig der erste April?«

»Ich mein's ernst«, antwortet Melissa und verzieht keine Miene. »Mein Vater fährt jedes Wochenende seinen Wagen in die Waschstraße. Ich habe ihn gefragt, ob du nicht in Zukunft sein Auto sauber machen kannst. Das bringt dir fünfzehn Gulden pro Wäsche ein. Nicht schlecht, oder? Freust du dich denn nicht?«, fragt sie, als Jan nichts sagt. »Du wolltest doch Geld verdienen?«

»Ja schon. Das ist ein tolles Angebot von deinem Vater, keine Frage!«, sagt Jan und fügt zögernd hinzu: »Aber ich weiß nicht, ob ich das annehmen kann. Ich kann doch kein Geld von deinen Eltern nehmen, wo sie mich schon einladen, mit euch in Urlaub zu fahren.«

»Das ist doch Quatsch«, findet Melissa. »Mein Vater freut sich. Jetzt braucht er nicht mehr jeden Samstag in diese blöde Waschstraße zu fahren. Außerdem weißt du ja, wie er ist: Sein Auto muss tipptopp sein.«

Jan nickt. Er weiß, wie pingelig Herr de Raaf mit seinem Auto umgeht. Aber das ist auch logisch, als Makler muss er oft Kunden mitnehmen.

»Du machst es also?«, fragt Melissa.

»Darf ich erst mal darüber nachdenken?«

»Nein«, antwortet Melissa eigensinnig.

Jan muss lachen. »Wer sagt da, dass ich nicht unter deinem Pantoffel stehe?« Er gibt Melissa einen Klaps auf die Schulter. »Ich finde es jedenfalls toll, dass du an mich gedacht hast.«

»Purer Egoismus. Ich will mit dir nach Kreta!«

Als Melissa auf den Schulhof fährt, bricht Jubel aus und ein paar Klassenkameraden rufen: »Darf ich ein Autogramm haben?«

Melissa wird ganz verlegen und verschwindet schnell im Fahrradkeller. »Ich weiß noch gar nicht, ob ich den Clip machen will. Vielleicht trau ich mich ja überhaupt nicht.«
»Du schaffst es, sicher!«, sagt Fleur. »Ich hab's geträumt, wirklich. Du warst in einem Clip und total berühmt. Ich hab es heute Morgen meiner Mutter erzählt und die glaubt auch, dass es klappen wird.«
Melissa erschrickt. »Nachher kommen meine Eltern noch dahinter.«
»Keine Panik«, beruhigt sie Fleur. »Ich habe meiner Mutter erklärt, dass du es im Moment noch für dich behalten willst. Das hat sie sofort verstanden, gerade wegen des Abends neulich bei euch, wegen der *Tiener-Tour.* Es war ein super Traum. Ich war total stolz auf dich.«
Jan muss lachen. Fleur ist immer so begeisterungsfähig! Melissa aber wird es eher angst und bange, das kann er deutlich spüren. »Als mir heute Nacht klar wurde, dass ich dann ganz alleine tanzen muss, hätte ich einen Anfall kriegen können.«
»Nachts ist alles viel schlimmer«, tröstet Fleur sie. »Ich habe mir das ganze Wochenende hindurch vorgenommen, Timo zu fragen, ob er mit mir gehen will. Und als ich dann im Bett lag und wieder daran dachte, traute ich mich plötzlich nicht mehr.«
Melissa und Jan finden, sie sollte sich über ihre Angst hinwegsetzen. »Seit Wochen sprichst du von nichts anderem. Was kann dir schon passieren? Dass er dich nicht will? Na und? Dann weißt du es wenigstens!«
Debby ist dagegen. »Stell dir vor, er erzählt sofort in der

Schule herum, dass du in ihn verliebt bist. Wenn du dann durch die Pausenhalle gehst, kichern alle los.«
»Red keinen Quatsch! So was macht Timo nicht.« Es klingt schärfer, als Jan wollte, aber irgendwie kann er Debby nicht leiden und es wird immer schlimmer. Er traut ihr einfach nicht über den Weg. Warum, weiß er nicht genau, es ist so ein Gefühl. Melissa findet sie auch nicht sonderlich nett. Früher hatten sie nie etwas mit ihr zu tun, erst seit Debby mit Fleurs Bruder zusammen war. Sie gehen schon lange nicht mehr miteinander, aber Fleur und Debby sind Freundinnen geblieben.
»Schaut euch das an!« Fleur klatscht laut Beifall. Kevin führt ein neues Kunststück auf seinem BMX vor. Mit einem Bein auf der Fußstütze am Vorderrad fährt er auf den Schulhof.
»Angeber!«, ruft Jan.
»Na, was glaubt ihr?«, ruft Kevin zurück. »Kann ich so in den Clip?«
Sie können sich vor Lachen kaum halten. Ein Auftritt in einem Videoclip? Das passt überhaupt nicht zu Kevin. Aber ansonsten wäre es sicher sehr gemütlich im Studio geworden, denn Kevin würde vermutlich seine gesamte Verwandtschaft zu den Aufnahmen mitschleifen. Als sie Anfang des Schuljahrs nach London gefahren sind, sind schließlich auch alle erschienen, um ihn zu verabschieden: Onkel und Tanten und Nichten und Neffen – einfach alle waren dabei. Kevin sagt, das sei typisch surinamisch.
»Wen haben wir in der ersten Stunde?«, fragt Kevin.
»Sauerkraut. Mit einem *Hörtest.«* Melissa zieht demonstrativ ihren Kalender heraus. »Ich trage schon mal eine Fünf ein.«

»Ich kann die Deutschen einfach nicht verstehen«, sagt Jan. »Die quatschen so schnell, das geht bei mir zum einen Ohr rein und zum anderen gleich wieder raus.«
Sogar Fleur ist nervös, und die ist sehr gut in Deutsch! Kevin hält eine Musikkassette in die Höhe.
»Was haltet ihr davon, Sauerkraut hierzu einzuladen?« Es dauert einen Moment, aber dann haben sie's kapiert. Ke-vin will die Kassetten austauschen. Sie weihen den Rest der Klasse ein und jeder ist dafür. Sie freuen sich schon auf das Gesicht von Frau Zuurbier.
»Was ist denn drauf?«, will Jawad wissen.
»Klassik«, sagt Kevin lachend. »Das hört mein Bruder immer, wenn er nicht schlafen kann.« Jetzt ist alles klar. Kevins Bruder ist nämlich Heavymetal-Fan!
»Nicht schlecht, du hast dir ja richtig was einfallen lassen!«, lobt Fleur.
»Na ja, Zeit satt! Schließlich muss ich nicht den ganzen Tag an Timo denken.«
»Mensch Leute, wie deichseln wir das jetzt?«, fährt Jan schnell dazwischen. Wenn Kevin und Fleur erst mal anfangen, sich zu kabbeln, finden sie kein Ende mehr.
»Einer von uns redet mit Sauerkraut und in der Zeit wechselt Melissa die Kassetten aus, denn die sitzt am dichtesten dran.«
Alle finden, dass Jan Frau Zuurbier ablenken müsste. »Du bist der Einzige, den sie leiden kann.«
»Leiden kann?«, ruft Kevin empört. »Der Sabber läuft ihr aus dem Mund, wenn sie seinen Namen ausspricht.«
»Genau, Jan«, stichelt Fleur weiter. »Ich frag mich, wie du

das geschafft hast. Was hast du eigentlich mit Sauerkraut am Laufen?«

»Shit!« Jan schlägt sich mit der flachen Hand vor die Stirn. »Jetzt seid ihr doch noch dahintergekommen. Und ich sag ihr noch: Mach die Tür zu. Aber nein! Diese Perverse.«

»Iiii!« Die anderen schütteln sich. »Du hast wirklich Geschmack, alle Achtung!«

»Jedenfalls brauchst du keine Angst zu haben, dass sie dir jemand ausspannt«, meint Kevin. »Das ist doch sicher ein beruhigendes Gefühl.«

»Sie gibt erst seit zwei Jahren Deutschunterricht. Wusstet ihr das?« Debby tritt ihre Zigarette aus. »Was sie wohl vorher gemacht hat?«

»Ich glaube, sie ist bei der Geisterbahn gefeuert worden«, sagt Kevin. »Es gab zu viele Tote.«

»Hilfe!« Fleur kneift Kevin in die Hand.

»Was ist?«

»Da geht Timo . . .«

»Was du nicht sagst! Ich dachte schon, du hast 'n Blinddarmdurchbruch.«

»Er hat seine Haare blondiert«, stellt Debby fest. »Das sieht voll bescheuert aus!«

»Überhaupt nicht! Ich seh's genau vor mir: wie er hinter seinem Schlagzeug sitzt. Ist doch ein super Typ!« Fleur sieht Timo schmachtend hinterher.

»Er spielt jetzt in der Schulband«, erzählt Jan.

»Wirklich?« Fleur hält sich vor Aufregung an ihm fest. »Woher weißt du das?«

»Von René. Der spielt doch Saxofon?«

»René!«, schreit Fleur, ohne zu merken, dass der direkt vor ihr steht – so aufgeregt ist sie.
»Höre ich richtig? Wurde da gerade mein Name geflüstert?«
»Sag schon, ist Timo wirklich in der Schulband?«
René nickt. »Seit voriger Woche.«
»Wann probt ihr?«, fragt Fleur.
Die anderen können sich nicht mehr halten und grölen los.
»Oh, was für ein Interesse auf einmal. Die Schulband hat dich doch noch nie interessiert.«
»Die Proben sind leider nicht öffentlich«, stichelt René.
»Alle mal herhören!« Kevin hält die Kassette hoch. »Ist immer noch jeder dafür?«
Als die ganze Klasse zustimmend nickt, gibt er Melissa die Kassette und reibt sich die Hände. »Zum ersten Mal seit Ewigkeiten freue ich mich auf die Deutschstunde.«
Kevin ist nicht der Einzige. Als es klingelt, stürmen sie die Treppe hinauf.

»Wozu brauchen wir denn die Blätter?«, fragt Fleur scheinheilig, als sie den Klassenraum betreten.
»Weil wir heute einen Sprachtest machen werden.« Dabei strahlt Frau Zuurbier, als würde sie einen Lottogewinn verteilen.
»Oh nein!« Damit es echt wirkt, lassen sie sich stöhnend auf ihre Plätze fallen. Nach dem zweiten Klingeln schließt Frau Zuurbier die Tür. Alle schauen zu Jan. Wenn er nicht bald in die Gänge kommt, kann er's vergessen.
»Frau Zuurbier, darf ich Sie was fragen?« Ohne auf eine Antwort zu warten, geht Jan mit seinem Buch zum Lehrerpult.

»Könnten Sie diese beiden Sätze bitte mal für mich übersetzen? Da bin ich gestern Abend nicht mit klargekommen.«
Während sich ihre Lehrerin mit Jans Frage befasst, vertauscht Melissa die Kassetten.
»Ist es jetzt klar?«, fragt Frau Zuurbier.
»Ganz und gar!« Jan geht zurück auf seinen Platz.
»Wir fangen jetzt an.« Frau Zuurbier geht zum Kassettenrekorder. »Achtung, fertig . . .«, zählt sie, als ob es dabei um einen Wettlauf ginge. Bei »Los« drückt sie auf den Startknopf. Alle sehen zu Boden. Die Stille dauert nicht länger als zwei Sekunden, erscheint ihnen aber wie eine Ewigkeit. An Stelle der nüchternen deutschen Stimme ertönt ein ohrenbetäubendes Heavymetal-Intro.
Frau Zuurbier wird rot. Sie ist so verblüfft, dass sie den Kassettenrekorder nicht gleich ausschaltet. Ihr Gesicht beginnt zu zittern.
»Wer war das?«, fragt sie, als sie endlich die Stopptaste gedrückt hat.
Kevin steht auf. »Dies wurde Ihnen präsentiert von Ihrer Lieblingsklasse 8a!«
»Unverschämt!«, ertönt die schrille Stimme von Frau Zuurbier durch den Klassenraum. »Wer hat diese Kassette da reingetan?«
»Ach, wie undankbar«, meint Fleur. »Wir wollten Sie überraschen. Das ist doch ein guter Tausch.«
Frau Zuurbier zeigt zur Tür. Ihr Finger zittert. »Raus!« Fleur packt gemächlich ihren Rucksack ein.
»Wird's bald!« Die Stimme von Frau Zuurbier überschlägt sich.

Sobald Fleur durch die Tür ist, geht Frau Zuurbier zum Pult und trägt ihren Namen ins Klassenbuch ein. Melissa nutzt die Gelegenheit, um die Kassetten erneut auszutauschen.
»So«, sagt Frau Zuurbier entschieden. »Ich weiß nicht, wem diese Musik gehört, jedenfalls ist derjenige sie los.« Sie holt die Kassette mit dem Sprachtest aus dem Rekorder und schmeißt sie wütend in ihre Tasche.
Jan beobachtet, wie Kevin seinen Daumen Richtung Melissa hochhält. Der hatte natürlich schon befürchtet, dass die Lieblingsmusik seines Bruders beschlagnahmt würde.
Frau Zuurbier sammelt alle Blätter wieder ein. Dann setzt sie sich ans Pult und schlägt ihr Buch auf. »Im Hörverständnistest haben alle eine Sechs.«
»Ich danke recht herzlich!«, sagt Kevin in bestem Deutsch. Und auch er darf vor die Tür.

3.

»YES!« Fleur stellt ihre Cola mit einem lauten Knall auf den Tisch in der Pausenhalle, sodass die Hälfte herausschwappt.

»Was ist denn mit dir los?« Die anderen sehen sie überrascht an.

»Ich weiß jetzt, wie ich Timo frage, ob er mit mir gehen will.«

»Lass mich raten«, überlegt Jan. »Du wirst direkt vor ihm die Treppe raufgehen, eine Ohnmacht vortäuschen und dann lässt du dich in seine starken Arme fallen. Richtig?«

»Nein«, sagt Kevin, »du stellst dich an die Straßenecke und wartest, bis er angefahren kommt. Dann stürzt du dich vor sein Fahrrad.«

»Das nenne ich romantisch!« Jan lacht. »Vor allem wenn du – total zerschunden und mit blutendem Gesicht – unter seinem Vorderrad liegst und wimmerst. Welcher Mann träumt nicht davon?!«

Fleur sieht zu ihren Freundinnen hinüber. »Jungs haben überhaupt keine Ahnung von Romantik! Ich frag ihn, ob er mit mir ins Kino geht.«

»Wie originell!«, ruft Kevin. »Also auf die Idee ist noch niemand gekommen!«

»Musst du gerade sagen.« Fleur trinkt einen Schluck Cola. »Du hast doch noch nie jemanden gefragt, ob er mit dir gehen will. Du weißt doch gar nicht, wie das geht.«

»Ach nein? Zufälligerweise hatte ich das gerade vor.« Kevin

rennt aus der Pausenhalle. Kurz darauf kommt er zurück, sein BMX über der Schulter. Er stellt es mitten in die Pausenhalle und sinkt auf die Knie.

»Herzallerliebstes BMX. Ich bin so verknallt in dich. Bitte, bitte, geh mit mir. Oh, Darling, ich halt es ohne dich nicht mehr aus! Komm in meine Arme.« Und er drückt sein Rad an sich und fängt an, es leidenschaftlich abzuküssen. Kevin macht ein derartiges Spektakel, dass auch andere Schüler hinzukommen. Vor Lachen laufen ihnen die Tränen übers Gesicht. Sogar der Hausmeister, Herr Sanders, muss lachen, obwohl er ursprünglich Kevin mit seinem Rad sofort nach draußen schicken wollte. »Was denkt ihr, soll ich den Krankenwagen rufen?«, fragt er.

»Help!« Kevin schnappt sein Rad und rennt nach draußen.

»Aber es ist doch eine gute Idee, das mit dem Kino?«, beginnt Fleur von Neuem.

»Wenn ich Timo wäre, würde ich auf jeden Fall mitgehen«, sagt Jan. »Wer würde da Nein sagen: eine Freikarte fürs Kino. Das lässt man sich doch nicht entgehen. Weißt du, was? Sobald er Ja gesagt hat, erzählst du ihm, dass du in einen Dokumentarfilm gehen willst. Wenn er dich dann fragt, ob seine Freundin mitkommen darf, dann weißt du genug.«

»Er hat überhaupt keine Freundin«, sagt Fleur. »Er ist eine Zeit lang mit Janet aus der 8c zusammen gewesen. Aber das ist schon lange vorbei.«

»Wenn du wüsstest, warum sie Schluss gemacht hat, wäre bei dir auch der Ofen aus«, sagt Kevin, der wieder reingekommen ist.

»Lästermäuler!« Fleur knufft Jan in die Seite.

»Jetzt mal im Ernst: Wann wolltest du denn ins Kino?«
»Samstagabend«, antwortet Fleur.
»Können wir dann?« Jan sieht Kevin, der ohne Rad zurückgekommen ist, fragend an.
»Kommt gar nicht infrage, dass ihr jetzt plötzlich auch ins Kino geht.«
»Schon allein wegen Janets gebrochenem Kiefer sollten wir euch doch besser im Auge behalten«, sagt Kevin.
Melissa trinkt einen Schluck Tee. »Schade, dass das Schulfest gerade vorbei ist. Sonst hättest du mit Timo Blues tanzen können.«
»Wer tanzt mit wem?«, fragt Debby, die kurz weg war, um Geld zu holen.
»Timo mit Fleur.«
»Ich find die ganze Sache bescheuert.« Debby zieht ein Twix aus dem Automaten. »Höchstwahrscheinlich wirst du dann jedes Wochenende mit deinem Süßen ausgehen und ich sitz allein zu Hause und muss versauern. Schnüff . . .«
»Du darfst immer mitkommen, abgemacht?« Fleur legt einen Arm um ihre Freundin. »Und später, wenn du einsam bist, darfst du zu uns ziehen.«
»Gott sei Dank!«, antwortet Debby. »Ich find ja sowieso keinen Freund.«
Es ertönt Gelächter von allen Seiten, denn hinter Debby sind beinah alle Jungs her.
»Da kommt er . . .«, sagt Kevin und stubst Fleur an. Zuerst denkt sie, er wolle sie anschmieren, aber als sie sich umdreht, sieht sie, wie Timo tatsächlich die Pausenhalle betritt. Schnurstracks geht er zum Tresen.

»Warum fragst du ihn nicht jetzt?«, will Melissa wissen. »Er steht ganz allein da.«
Fleur reicht schon der Gedanke, um rot zu werden.
»Das ist deine Chance«, spornen die anderen sie an. »Timo ist sonst nie allein. Immer hat er einen Fanklub im Schlepptau.«
»Soll ich es wirklich machen?« Fleur zögert.
»Wenn du es nicht tust, tut's eine andere«, warnt sie Melissa. Das wirkt. Fleur springt sofort auf. Dann wartet sie, bis Timo die Pausenhalle verlässt, und geht ihm nach.
»Ich glaube, er macht's«, sagt Jan. »Melissa glaubt übrigens auch, dass Fleur gute Chancen hat. Heute Morgen noch hat sie genau gesehen, wie Timo Fleur beobachtete, als er aus dem Geschichtsraum kam.«
Alle starren zur Tür. Jan findet, es dauert ganz schön lange.
»Ach was«, meint Kevin. »Die knutschen schon längst und wir warten hier brav. Ich nehm noch 'ne Cola. Prost, Leute, auf die Verlobung.«
Debby will gucken gehen, aber die anderen halten sie zurück. »Bleib hier. Die kommt sicher gleich wieder.«
Sie haben es noch nicht ausgesprochen, da stürzt Fleur auch schon in die Pausenhalle.
»Er macht's!«, ruft sie noch in der Tür. Typisch Fleur! Es ist ihr egal, ob es die halbe Schule mitkriegt oder nicht. »Und was glaubt ihr . . .?«, schmettert sie durch die Halle. »Er hatte auch schon überlegt, mich einzuladen. Na, wie findet ihr das?«
»Ihr versteht euch ohne Worte.« Kevin sieht schmachtend zum Himmel empor.

Alle sind in Hochstimmung. Sogar Debby versucht, sich für Fleur zu freuen, obwohl es ihr schwerfällt, wie Jan bemerkt.
»Jetzt fehlst nur noch du, Melissa«, sagt Fleur. »Wetten, dass es mit dem Clip auch klappt?«
Kevin nickt und verkündet stirnrunzelnd: »Den Sternen zufolge befinden wir uns in einer positiven Phase, also Melissa . . .«
»Hört auf mit dem Clip«, ruft Melissa. »Ich wünschte, ich hätte gar nicht zugesagt.«
»Aber du musst es machen«, sagt Kevin streng. »Das ist deine Chance. Die musst du nutzen.«
»Ich geh ja auch«, sagt Melissa. »Aber ich dreh noch durch. Schon die ganze Woche habe ich Magenschmerzen. Am schlimmsten finde ich, die anderen Tänzer zu treffen. Die haben bestimmt schon viel Erfahrung und dann komm ich da an, wie eine x-beliebige Anfängerin.«
»Wir müssen los«, unterbricht sie Jan, als es klingelt. »Sonst hält uns van Haringen wieder eine Standpauke.«
»Ich habe nichts für Erdkunde gemacht«, sagt Kevin. »Der wird doch sowieso nur über unsere Exkursion quatschen.«
»Du hast recht: Nächste Woche fahren wir nach Amsterdam.«
»Wenn wir überhaupt fahren«, rufen alle im Chor. Denn damit droht ihr Lehrer in jeder Stunde.
»Ach, was«, meint Fleur. »Natürlich fahren wir. Aber wetten: Die Hälfte der Fahrt über meckert er rum, weil es die 8a eigentlich nicht verdient hat?«
»Der meckert doch immer«, sagt Debby. »Pensionieren lassen soll er sich.«

»Aber der ist doch erst um die dreißig«, wirft Melissa ein. Kevin findet das schon ziemlich alt für einen Lehrer und immer noch lachend gehen sie in den Erdkundesaal. Herr van Haringen sitzt an seinem Tisch und korrigiert irgendwelche Hefte.

»Guten Tag auch«, sagt Kevin übertrieben freundlich.

Melissa knufft ihn in die Rippen. »Lass das, sonst stehst du gleich wieder im Flur.«

»Was denn?«, flüstert Kevin. »Der Blödmann sieht noch nicht mal hoch, wenn wir reinkommen. Sehr höflich!«

Als alle auf ihren Plätzen sitzen, steckt ihr Lehrer die Hefte in seine Tasche und sieht die Klasse verärgert an. Das ist nicht besonders wirkungsvoll, denn die Hälfte der Schüler redet weiter. Van Haringen klopft gegen die Tafel.

»Würden die Damen und Herren vielleicht mal ruhig sein?« Er steht auf und geht vor der Klasse auf und ab.

»Hoffentlich ist Ihnen bekannt, dass wir in zwei Wochen auf Exkursion gehen. Jedenfalls, wenn Sie sich zu benehmen wissen. Für den Fall, dass sie stattfinden sollte, möchte ich, dass Sie die berühmten drei P mitnehmen. Als da wären: *paper, pen* und *positive ambition.* Die desinteressierte Haltung dieser Klasse hängt mir zum Hals heraus.« Vor lauter Ärger überschlägt sich seine Stimme.

»Das klingt in der Tat sehr positiv!«, kommentiert Kevin.

»Herr Croenhart, Sie können Ihre Sachen packen und sich beim Direktor melden.«

»Das ist ungerecht!«, verteidigt Fleur Kevin. »Er wird doch wohl noch sagen dürfen, dass das nicht besonders positiv klingt!«

»Wenn Frau Lanen nicht aufpasst, darf sie auch gehen.«
»In Ordnung, bin schon weg.« Fleur nimmt ihren Rucksack und folgt Kevin.
»So«, fährt Herr van Haringen fort. »Nachdem die Störenfriede den Raum verlassen haben, kann ich wohl fortfahren.«
Während er noch auf dem nicht zu tolerierenden Verhalten von Kevin und Fleur herumreitet, schaut der Rest der Klasse aus dem Fenster. Auf dem Schulhof führt Kevin Kunststücke auf seinem BMX vor und Fleur sitzt auf der Mauer in der Sonne und sieht ihm dabei zu.
»Es wird euren beiden Mitschülern guttun, unter den wachsamen Augen von Herrn Peters ihre Strafarbeit zu erledigen«, beendet Herr van Haringen seine Ausführungen.
»Das wird ihnen sicherlich guttun«, flüstert Melissa und sieht grinsend aus dem Fenster.

Zum Glück haben sie nach Erdkunde Niederländisch. Annelies Melgers ist ihre Lieblingslehrerin. Vor allem bei den Jungen kommt sie gut an. Sie finden, sie ist ein echter Feger. Die Mädchen mögen sie auch sehr gern. Mit Annelies kann man über alles reden – sie findet nichts komisch und deswegen fühlen sie sich von ihr wirklich verstanden. Wahrscheinlich liegt es auch an ihrem Alter: Für eine Lehrerin ist sie noch ziemlich jung.
»Ihr habt Glück«, sagt sie, als alle drinnen sind. »Mir geht es blendend!«
Sogleich versuchen sie zu raten, was los ist.
»Du bist verliebt?«

Kevin ist so dreist, Annelies' Hals nach Knutschflecken abzusuchen.
Annelies muss lachen. »Ich bin nicht verliebt, sondern hier fest angestellt worden.«
Die halbe Klasse stöhnt auf. »Darüber wäre ich nicht so froh.«
»Pass bloß auf, dass du nicht vom Lehrervirus befallen wirst. Das ist ein sehr gefährliches Virus, dieses Constantum Mieselaunicum«, warnt Kevin. Annelies schüttelt lachend den Kopf. »So schlecht ist diese Schule nun auch wieder nicht. Im Vergleich zu anderen ist hier eine Menge möglich.«
»Ja sicher, vor allem bei Baron van Haringen«, fügen sie hinzu, aber darauf geht Annelies nicht ein.
»Ich hatte vor, dieses Ereignis mit euch zu feiern.«
»Sicher mit einer Textanalyse, was?«, fragt Kevin, der sofort misstrauisch wird, wenn Lehrer mit Überraschungen aufwarten.
»So etwas mache ich nicht – das ist dir doch wohl klar!«, sagt Annelies. »Ich wollte euch auf eine Cola in die Pausenhalle einladen.«
»Während der Stunde?«, fragt Jawad, der weiß, wie streng die Schulleitung ist.
»Begreifst du nicht, Mann«, mischt sich René ein. »Sie will so schnell wie möglich ihre feste Stelle loswerden.«
»Diese Annelies, ganz schön clever!« Jetzt sind alle mit von der Partie.
Annelies tut, als ob sie sich ertappt fühlt. »Mist, jetzt habt ihr mich durchschaut.«
»Du musst dir schon was Besseres einfallen lassen«, meint

René. »Van Tongeren ist total verknallt in dich. Der entlässt dich nicht wegen einer geschwänzten Stunde.«
Fleur hat eine andere Idee. »Ich mache Kevin einen Knutschfleck auf den Hals und dann erzählen wir van Tongeren, dass du das warst, Annelies.«
»Wenn ich ehrlich bin, wär's mir lieber, wenn Annelies es selbst tut.« Kevin zwinkert ihr zu und Annelies wird sofort rot. Sie wird jedes Mal verlegen, wenn die Jungen versuchen, mit ihr zu flirten.
»Kommt mit«, sagt sie schnell. »Sonst ist die Stunde vorbei.« Und sie hält die Tür für sie auf.

»Bescheuert, nicht?«, sagt Melissa, als sie nach der Schule in den Fahrradkeller gehen. »Ich habe so einen Schiss vor Freitag. Weißt du, ich überlege sogar abzusagen.«
»Das kommt nicht infrage.« Jan weiß, dass es Melissas größter Wunsch ist, bei einem Clip mitzumachen.
»Aber wenn ich mich jetzt noch nicht traue!«, und sie erzählt, dass sie seit drei Nächten Albträume quälen, in denen sie von den anderen Tänzern ausgelacht wird.
»Angstträume«, meint Jan, »die darfst du nicht so ernst nehmen. Ich weiß, dass du supergut bist. Inge meint auch, dass du Talent hast, und das sagt sie nicht so schnell.«
»Ich weiß«, sagt Melissa zögernd. »Aber ich trau mich einfach nicht. Das hier ist anders als Jazzdance bei Inge. Da kenne ich jeden! Aber schon der Gedanke, mutterseelenallein in einem Studio zu stehen . . .«
»Und wenn ich mitkomme?«, schlägt Jan vor. »Würde das helfen?«

Melissa sieht ihn an. »Ja, natürlich hilft das.«
»Traust du dich denn, mit mir da aufzukreuzen?«
»Ich schäme mich natürlich schon ein bisschen . . .« Als Jan ein empörtes Gesicht macht, fällt ihm Melissa um den Hals. »Ich finde es toll, dass du mitkommen willst, und wer weiß, vielleicht haben sie ja für dich auch noch eine Rolle.« Jetzt müssen sie beide lachen. Jan kann sich natürlich überhaupt nicht vorstellen, in einem Musikclip aufzutreten.
»Lass mich mal lieber Autos waschen.«
»Heißt das, du machst den Job?«
»Ja«, sagt Jan. »Ich habe es zu Hause schon erzählt und ich hab so getan, als ob ich total überrascht über die positive Reaktion meines Vaters gewesen wäre: ›Na, na‹, habe ich gesagt. ›Ich glaube nicht, dass viele Eltern das gutheißen würden. So ein verantwortungsvoller Job. Du bist wirklich sehr tolerant, Pa. Wie kommt's auf einmal?‹«
»Du kannst es wohl nicht lassen«, lacht Melissa. »Dein armer Vater!«
»Ach, ja«, meint Jan, »beinah hätte ich es vergessen. Meine Eltern sind heute Abend nicht zu Hause. Hast du Lust, bei mir zu essen?«
»Was höre ich da?«, fragt Kevin, der gerade noch den letzten Satz aufgeschnappt hat. »Du willst heute Abend für Melissa kochen? Na, Melissa, dann kannst du den Videoclip wohl vergessen.«
»Ihr dürft auch kommen«, sagt Jan.
»Ihr?« Kevin sieht seinen Freund überrascht an.
»Ja«, sagt Jan. »Ich bin ein toleranter Mensch. Meinetwegen darf jeder lieben, wen er will. Isst dein BMX viel? Aber nicht

dass ihr den ganzen Abend wie die Kletten aneinander, hängt. Das könnt ihr bei mir vergessen.«

»Nein, wir halten uns zurück, nicht wahr, Schatz?« Kevin lächelt zuckersüß und streichelt sein Fahrrad.

»Weißt du, wo Debby und Fleur sind?«, fragt Jan. »Dann lade ich sie auch gleich ein.«

Kevin meint, Fleur würde bestimmt nicht kommen: »Jetzt hat sie endlich ein Date mit Timo, da glaubst du doch wohl nicht, dass sie Samstagabend mit einer Lebensmittelvergiftung im Krankenhaus liegen will?«

»Mach dir darüber mal keine Sorgen, Kevin Groenhart. Du solltest lieber anfangen, Geld für mein Geschenk einzusammeln. Ich geh dann schon mal, denn ich will gar nicht wissen, welche CDs ich heute Abend kriegen werde.« Jan gibt dem Lenker von Kevins Rad einen freundschaftlichen Stoß und radelt davon.

4.

In der ersten Stunde war Jan nicht in der Schule gewesen, denn schon seit ein paar Tagen tat ihm sein linkes Auge weh. Seine Mutter hatte darauf bestanden, etwas dagegen zu unternehmen. »Morgen fängt das Wochenende an«, hatte sie gesagt, »und dann kannst du wieder nicht zum Arzt gehen.« Normalerweise hätte er protestiert, aber zufällig passte es ihm ganz gut in den Kram. Für die erste Stunde war nämlich ein Englischtest angesetzt und er hatte keine Zeit gehabt, sich darauf vorzubereiten.

Als er in der kleinen Pause die Pausenhalle betritt, muss er lachen. Das hat Fleur schnell auf die Reihe bekommen, Kompliment! Timo sitzt bereits bei ihrer Clique und hat auch gleich seine Freunde mitgebracht.

»Hey, Jan!«, ruft Fleur. »Nett, nicht wahr, so ein großer Haufen?«

»Hättet ihr nicht bis Samstag warten können?« Jan nimmt einen Stuhl und setzt sich neben Melissa.

»Wenn wir schon ›zusammen gehen‹ müssen, dann lieber jetzt gleich«, sagt Timo. Fleur erschrickt, aber als sie sein Gesicht sieht, weiß sie, dass er einen Witz macht, und dafür ist Fleur immer zu haben.

»Genau«, sagt sie, »da muss man durch.«

»Wie war's beim Arzt?«, fragt Kevin. »Du hast dich doch nicht etwa beeilt?«

»Ich muss eingewiesen werden.« Jan versucht, ein tragisches Gesicht zu machen.
»In die Psychiatrie, sicher«, meint Kevin und alle lachen, außer Melissa. Als Jan sie mustert, merkt er, wie angespannt sie ist. Wahrscheinlich hat sie die ganze Nacht nicht geschlafen. Nur gut, dass heute Freitag ist, denkt er. Denn eins steht fest: Wenn Melissa erst mal im Studio ist, wird es klappen! »Du hast den Test sicherlich gut geschafft«, sagt er.
»Ach, hör auf!« Melissa muss lachen. Zum Glück ist es kein Problem, falls sie eine schlechte Note geschrieben hat, denn sie ist gut genug, das schnell wieder aufzuholen.
»Was hast du eigentlich deinen Eltern erzählt?«, fragt Jan.
»Nichts«, antwortet Melissa. »Meine Mutter muss Überstunden machen und mein Vater ist erst gegen sieben zu Hause. Da bin ich schon längst zurück.«
»Fahren wir nach der Schule gleich ins Studio«, will Jan wissen, »oder müssen wir erst noch bei dir vorbei?«
Melissa tut, als sei dies die dümmste Frage, die sie je gehört hat. »Glaubst du etwa, dass ich so gehen werde? Ich muss mich umziehen und schminken. Ich werde die letzten zwei Stunden blaumachen, sonst pack ich das nicht. Holst du mich dann nach Französisch ab?«
Jan hat noch nie verstanden, warum umziehen und schminken so lange dauert. Was muss man denn da um Himmels willen alles tun? Aber er hat keine Lust, ausgerechnet jetzt mit Melissa zu streiten.
»Ich komme direkt nach Franz zu dir, okay?«
Die Pause ist mal wieder viel zu kurz, schon müssen sie in den Unterricht. Zum Glück haben sie Biologie, das hält Jan

für ein ziemlich spannendes Fach. Und Herr de Leeuw ist ganz in Ordnung. Jan sieht zu Fleur und Timo hinüber, die sich jetzt wohl oder übel voneinander verabschieden müssen. Nicht nur er, auch die anderen sind gespannt. Werden sie sich etwa vor versammelter Mannschaft küssen? Das würde ihn nicht wundern, denn Fleur traut er alles zu, aber Timo kann er nicht so gut einschätzen. Die beiden drucksen ein bisschen verlegen herum.

»KÜSSEN ... KÜSSEN ... KÜSSEN ...« Ein paar Freunde Timos fangen damit an und der Rest fällt ein.

»KÜSSEN-KÜSSENKÜSSEN . . .«, hallt es durch die Pausenhalle.

»Ihr habt es so gewollt!« Timo neigt sich zu Fleur und küsst sie.

Alle klatschen Beifall, aber deswegen hören Timo und Fleur noch lange nicht auf. Erst als die zweite Klingel ertönt, lassen sie sich los.

»Tja, Timo, sieht ganz so aus, als ob du ab jetzt schon vor der ersten Stunde was vorhast. Das heißt: früh aufstehen!«

»Ich habe euch gewarnt.« Timo tut, als ob er Fleur wieder küssen wollte.

»Erbarmen!«, rufen die anderen, ziehen Fleur und Timo auseinander und verlassen lachend die Pausenhalle.

Natürlich waren zwei Stunden viel zu viel, um sich umzuziehen und zu schminken. Als Jan am Nachmittag kommt, um Melissa abzuholen, ist sie froh, endlich wegzukönnen.

»Du weißt, wo es ist, oder?«, fragt sie, als sie draußen stehen.

»Na klar, was denkst du denn! Jeder kennt das Studio.

Spring auf meinen Gepäckträger – zusammen auf einem Rad zu fahren, ist viel schöner.«
Das tut Jan zu Melissas Sicherheit, denn sie ist keine Leuchte im Straßenverkehr – deshalb machen die anderen oft Witze über sie. Schon oft hat sie übersehen, dass etwas angefahren kam – hätten die Freunde sie nicht gewarnt, hätte es sicher schon einen Unfall gegeben. Jetzt, da sie so aufgeregt ist, traut Jan ihr den Überblick erst recht nicht zu.
»Wir haben Gegenwind«, warnt Melissa, aber das macht Jan nichts aus. Die langweilige, endlose Strecke zur Schule und wieder zurück, die ist anstrengend! Aber jetzt muss er ja bloß ins Zentrum.
»Weißt du noch, wie du damals bei mir vorne auf der Stange mitgefahren bist?«, fragt Jan. Melissa erinnert sich.
»Das war in der Sechsten. Ich hatte einen Platten und durfte deswegen auf deinen Lenker, dein Gepäckträger war kaputt. Dafür habe ich ganz schön büßen müssen. Angela war vielleicht wütend; mit der warst du ja damals noch zusammen. Sie hat die halbe Klasse gegen mich aufgewiegelt.«
»Es war aber schnell aus zwischen uns«, erzählt Jan lachend. »Das muss man sich mal vorstellen. Ich sei ›fremdgegangen‹, fand sie und ich wusste noch nicht einmal, was das ist. Elf war ich! Aber sie hatte einen großen Bruder und kannte sich aus.« Jan seufzt. »Deswegen will ich auch keine Freundin mehr. Diese Eifersüchteleien. Stell dir mal vor: Wenn ich eine Freundin hätte, dann dürfte ich dich jetzt vielleicht nicht mal begleiten. Was für ein Schwachsinn.«
»Ganz meiner Meinung! Ich bin auch nicht scharf auf einen festen Freund«, sagt Melissa.

»Bald wirst du gar keine Zeit mehr haben, dich zu verlieben!« Jan lacht. »Dann machst du einen Clip nach dem anderen.«
»Und du bringst mich jedes Mal hin, abgemacht?«
»Träum ruhig weiter . . .«
»Sind wir schon hier?«, stellt Melissa erschrocken fest, als sie die Schienen überqueren.
»Nur noch durch die Bahnhofstraße.« Jan spürt geradezu, dass sie in die Nähe des Studios kommen, denn Melissa wird von Minute zu Minute stiller, und wenn er sie etwas fragt, hört sie nicht einmal zu.
Jan bremst vor einem großen weißen Gebäude. »Da sind wir.«
Während er sein Fahrrad an den Zaun stellt, zeigt Melissa erschrocken auf ein Schild, das auf dem Rasen steht.
»Das ist das Lowland Studio!«
»Ja«, sagt Jan, »so heißt das Ding.«
Melissa wird kreidebleich. »Ich muss aber nicht zum Lowland Studio, ich muss zum TAT!«
Erst jetzt begreift Jan, was los ist.
»Verdammt!« Er mustert Melissa – sie ist stocksauer.
»Was bist du für ein Vollidiot. Du hast gesagt, du kennst es. Du solltest mitkommen, um mir zu helfen. Wirklich super, vielen Dank! Du hast es vermasselt.«
Als sie wütend weglaufen will, ruft Jan: »Komm mit, wir haben jetzt keine Zeit zu streiten. Wir müssen sehen, dass du so schnell wie möglich zum TAT kommst.«
Melissa bekommt sich wieder in den Griff. »Vielleicht können uns die hier drin sagen, wie wir hinkommen.« Sie läuft zu einer Tür und will öffnen, aber sie ist abgeschlossen.

»Klingel!«, ruft Jan.
Melissa drückt auf die Klingel, aber niemand öffnet. Was jetzt? Jan sieht auf seine Armbanduhr. Sie haben noch eine Viertelstunde. Zum Glück kommt in dem Moment eine Frau vorbei und Jan läuft zu ihr hin.
»Wissen Sie, wo das TAT-Studio ist?«
»Das was?«
Vergiss es, denkt Jan. Die weiß es nicht. Da er keine Lust hat, noch mehr Zeit zu verlieren, murmelt er »Entschuldigung« und läuft zu seinem Fahrrad.
»Schnell, an der Ecke ist eine Polizeiwache«, ruft Melissa und springt hinten auf.

»Ich geh schon.« Sie läuft ins Gebäude. Das dauert! Jan würde am liebsten seinen Sekundenzeiger festhalten. Sie haben noch ganze zehn Minuten – das schaffen sie nie!
»Ich weiß, wo's ist!«, ruft Melissa, als sie nach draußen rennt. »Wir müssen ganz ans andere Ende des Bahndamms.«
»Beeilung!« Mit Melissa auf dem Gepäckträger rast Jan die Straße entlang. Er ist dabei, seinen persönlichen Geschwindigkeitsrekord aufzustellen.
»Oh nein. Die Schranken . . .« Jan trampelt, so schnell es geht. Gerade bevor sich die Schranken schließen, fährt er drunter durch und überquert die Schienen.
»Rechts!«, befiehlt Melissa, als Jan zögert.
Mit genau sieben Minuten Verspätung knallt Jan sein Rad vor das Studio. Er nimmt sich nicht mal die Zeit, es abzuschließen. Schnell rennen sie ins Gebäude.
»Wo musst du hin?«, fragt Jan, als sie in einem langen Flur

sind. Als Melissa mit den Schultern zuckt, fragt er einen vorbeilaufenden Mann.
»Wir wollen zu Rob Houtenbos.«
»Keine Ahnung«, sagt der Mann im Vorübergehen.
»Wissen Sie vielleicht, wo wir Rob Houtenbos finden können?« Melissa fragt bereits jemand anderen. Gehetzt weist die Frau zur Rezeption. Was sind die hier gestresst, denkt Jan. Zum Glück weiß die Frau an der Rezeption Bescheid – eine Minute später steht Rob vor ihnen.

Es läuft genau so, wie Jan es vorausgesagt hatte. Kaum sind sie im Studio, entspannt sich Melissa zusehends. Sie fühlt sich bald pudelwohl zwischen den anderen Tänzern, die Jim, Katy und Ron heißen. Diesen Jim findet Jan aufdringlich, er tut gerade so, als kenne er Melissa schon ewig. Jan schätzt ihn auf achtzehn. Ron ist ungefähr so alt wie Melissa und eher ein softer Typ. Er sagt nicht viel – außer Katy scheint ihn nichts zu interessieren, und das scheint ihr zu gefallen. Auch Jan gefällt sie mit ihren blonden Locken, aber er bemerkt gleich, dass sie etwas Hartes an sich hat – ein Mädchen, das einen sofort fallen lässt, sobald sie etwas Besseres findet. Vielleicht hat er unrecht, aber verlieben würde er sich nie in sie.
Leider sind die Musiker schon weg. Rob Houtenbos erzählt, sie hätten heute schon eine Menge aufgenommen, aber die Szenen mit den Tänzern fehlten noch. Dafür würde die Zeit heute jedoch nicht mehr reichen. Aber er schlägt vor, einmal alles durchzugehen, um zu sehen, ob Melissa in den Clip passt.

Wenn Jan richtig verstanden hat, soll es in dem Clip aussehen wie auf einer Party. Er hat sich nur merken können, dass Melissa mit einem Glas in der Hand tanzen soll, bis es irgendwann in tausend Stücke zerspringt. Melissa würde ihm das sicher nachher noch genauer erklären. Jedenfalls erscheint es ihm nicht leicht – er würde so etwas nicht können. Aber Melissa hat damit keine Probleme. Auch die Musik liegt ihr, das merkt man gleich. Und wie gut sie tanzt! Jan kann an Robs Gesicht ablesen, dass auch er zufrieden ist. Klasse, nicht wahr?, will Jan sagen, als Rob neben ihm steht, aber er behält es lieber für sich.
Eigentlich hätte er gar nicht mitzugehen brauchen, Melissa bewegt sich wie ein Fisch im Wasser. Trotzdem bereut er es nicht, denn er ist noch nie in einem Studio gewesen. Er hatte sich alles viel größer vorgestellt.
Und auch diesen Rob Houtenbos hatte er sich ganz anders vorgestellt. Der interessiert sich überhaupt nicht für die Tänzer, es geht ihm ausschließlich um den Clip. Als Melissa zum Beispiel erklärte, weshalb sie zu spät gekommen waren, schien er nicht einmal zuzuhören. Außerdem findet Jan ihn nicht besonders freundlich. Jetzt zum Beispiel, als Jim etwas falsch macht, fängt er fürchterlich an zu schimpfen und auch Katy bekommt den Kopf gewaschen. Das sollte Rob mal bei ihm versuchen, er wäre sofort über alle Berge. Bei Melissa hält sich Rob noch ziemlich zurück, aber das liegt wahrscheinlich daran, dass sie neu ist. Jan kann an dem ganzen Spektakel nicht viel finden. Rob macht Melissa ein einziges Mal vor, wie sie tanzen soll, bevor sie das Glas fallen lässt, und das muss reichen.

»Montag in zwei Wochen nehmen wir es auf. Bis dahin muss es sitzen«, ist Robs einzige Bemerkung. Wie soll Melissa das denn schaffen? Zum Glück bietet Jim an, ihr zu helfen. Eins ist auf alle Fälle klar: Melissa ist definitiv für den Clip angenommen.

Als Rob die Probe beendet – »Genug für heute« –, kommt Melissa zu Jan.

»Es hat geklappt!« Sie umarmt ihn vor Freude.

»Wir werden nebenan noch was trinken, im Relax-Raum. Puh, das brauche ich jetzt auch!«, und schon zieht Jim Melissa mit sich. Jan folgt ihnen in ein kleines Zimmer.

»Uff!« Jim geht schnurstracks zum CD-Player, als ob er keine Sekunde ohne Musik sein könnte.

»Ron, gießt du schon mal ein?«, fragt Katy und setzt sich hin. Ron ist schon unterwegs.

»Es gibt nur Cola«, verkündet er, als er den Kühlschrank inspiziert. Katy macht ein Gesicht, als ob sie Abwaschwasser trinken sollte. Melissa lässt sich neben Jim auf den Boden fallen. Jan sieht, wie froh sie ist, dass Jim sie mag. Logisch! Wer sonst könnte ihr helfen?

»Hat jemand was dabei?«, fragt Katy.

»Logo.« Jim zieht ein Päckchen Tabak und ein Döschen aus der Hosentasche. »Dieses Gras ist fantastisch, Leute.«

Jan beobachtet, wie Jim einen Joint dreht. Das macht er derart lässig, dass es wohl kaum das erste Mal ist. Als Jim einen Zug genommen hat, gibt er ihn weiter.

»Hm«, macht Ron. »Das ist sicher gutes Zeug, keine Frage. Wo hast du das her?«

»Von meinem Hoflieferanten«, antwortet Jim lachend. Ron

und Katy scheinen ihn zu kennen, denn sie beginnen ebenfalls zu lachen.
Ron will den Joint an Jan weiterreichen, aber der lehnt ab. Er hat noch nie einen geraucht.
»Du, Melissa?«, fragt Ron. Melissa kommt gar nicht dazu, abzulehnen, denn Jim nimmt Ron den Joint aus der Hand und gibt ihn Melissa.
»Mach schon, Lady, du bist jetzt eine Künstlerin! Also stell dich nicht so an. Nimm einen Zug.«
Jan sieht, wie Melissa den Joint zwischen ihren Fingern hält und ihn langsam an ihre Lippen führt. Und als der Joint wieder an ihr vorbeigeht, nimmt sie gleich zwei Züge. Jan fühlt sich von Melissa irgendwie im Stich gelassen. Die Stimmung wird ausgelassen. Es braucht nur jemand etwas zu sagen und schon lachen sich alle schlapp.
Jan ist ausgeschlossen. Trotzdem will er nicht gehen, denn dann würde er Melissa alleine lassen, und das will er gerade jetzt auf keinen Fall. Sie ist mittlerweile derart *stoned,* dass sie nicht alleine nach Hause finden würde. Sie schafft es ja noch nicht mal mehr, Jims Adresse zu notieren. Bei jedem Buch-Buchstaben kichert sie los und kriegt nichts auf die Reihe.
»Soll ich es aufschreiben?« Jan nimmt ihr Stift und Zettel aus der Hand.
»Morgen Nachmittag, elf Uhr, Van-Hogendorp-Straße zwölf«, wiederholt Jim. »Dann werden wir zusammen proben.« Schon kann er sich vor Lachen nicht mehr einkriegen.
Jan runzelt die Stirn: »Morgen Nachmittag um elf?«
Allem Anschein nach hat Jan den besten Witz der Welt erzählt, denn die anderen biegen sich vor Lachen.

»Okay, okay! Wir proben morgen Vormittag um elf Uhr. So richtig?«, fragt Jim.

»Oh, dann komm ich auch«, kichert Katy.

»Wenn geprobt wird, bin ich natürlich mit von der Partie.« Ron bekommt vor Lachen beinah keine Luft mehr und rollt zu Melissa. Jan sieht Melissa an. Es passt ihm überhaupt nicht, dass sie zu Jim nach Hause gehen will.

5.

Als Jan am nächsten Morgen aufwacht, will er im ersten Moment aufstehen und in die Schule gehen, aber dann fällt es ihm wieder ein: Es ist Samstag und vor ihm liegt noch das ganze Wochenende. Herrlich! Er beschließt, heute nichts für die Schule zu tun; seine Hausaufgaben kommen erst morgen an die Reihe. Er sieht zu den Zeitungsausschnitten auf seinem Schreibtisch hinüber. Sein Vater hat sie letzte Woche für ihn gesammelt, denn sie handeln von den neuesten Ausgrabungen. Wegen all der blöden Hausaufgaben hat er es bis jetzt noch nicht geschafft, einen Blick darauf zu werfen. Von den interessantesten wird er seinem Brieffreund Steve in England berichten, den er vergangenes Jahr auf einem Campingplatz kennengelernt hat. Steve ist noch fanatischer als er selbst.

Jan springt aus dem Bett, denn er will seinen freien Tag nicht verschlafen – das wäre die reinste Verschwendung. Er muss sich mal wieder um sein Zimmer kümmern. Die Poster zum Beispiel, die hängen schon seit der fünften Klasse. Außerdem darf er nicht vergessen, die CD von Kevin aufzunehmen – die Kassette, die zurzeit in seinem Walkman steckt, kennt er in- und auswendig.

Als Jan seine Sachen packen will, tritt er beinah auf sein Geschichtsheft. HELP! Fast hätte er es vergessen: Fleur kommt um halb elf, um zusammen mit ihm die Hausarbeit für Ge

schichte zu schreiben. So ein Mist! Damit sind sie mindestens den ganzen Vormittag beschäftigt. Das war's dann mit dem freien Tag, denn am Nachmittag muss er das Auto von Melissas Vater waschen.
Gestern hat Jan Melissa nach Hause bringen müssen. Als sie aus dem Studio kamen und sich aufs Fahrrad setzten, war sie noch immer furchtbar albern, aber auf halber Strecke wurde sie total müde. Er musste sie festhalten, sonst wäre sie todsicher vom Gepäckträger gefallen. Als sie bei ihr zu Hause waren, klappte sie sofort zusammen – sie konnte sich kaum auf den Beinen halten, so müde war sie. Also hat er sie ins Bett geschickt. Gerade, als er aufbrechen wollte, kam Melissas Vater von der Arbeit und wunderte sich, dass Melissa schon zu Bett gegangen war. Jan flunkerte etwas von furchtbaren Kopfschmerzen. Richtig wohl fühlt sich Jan in Gegenwart von Melissas Vater nie. Er ist ein sehr strenger Mann und Jan hat jedes Mal das Gefühl, nicht ernst genommen zu werden. Am liebsten wäre er so schnell wie möglich gegangen, doch Herr de Raaf hatte ihm schon etwas zu trinken eingeschenkt und begann, über Jans Job zu reden. Sie vereinbarten, dass er am nächsten Tag um halb zwei kommen solle, um das Auto zu waschen.
Jan ist nicht sicher, ob Melissa dann schon vom Tanzen zurück sein wird. Was für eine Geschichte sie wohl ihren Eltern aufgetischt hat, um wegzudürfen? Er würde die Gesichter ihrer Eltern zu gerne sehen, wenn die wüssten, dass ihre Tochter bei einem wildfremden Jungen ist. Und wenn ihnen dann noch zu Ohren käme, dass Jims Eltern für ein Jahr im Ausland sind, würden sie sicher erst recht an die Decke gehen.

Als Jan nach unten geht, steht sein Vater in Sportsachen an der Haustür. Samstagmorgens joggt er immer eine Stunde – wegen seines Bauchs, wie er sagt. Bislang allerdings ohne Erfolg.
»Willst du vielleicht mit?«, fragt er. Jan zögert: Soll er mitlaufen? Dann wäre er immerhin mit einem Schlag wach. Er sieht auf die Uhr. Wenn sie sofort loslaufen würden, wären sie dicke um halb elf wieder zu Hause.
»Wenn du mitwillst, musst du es jetzt sagen, sonst lauf ich alleine.« Jans Vater wird ungeduldig.
»Okay!« Jan hat Lust, etwas mit ihm zu unternehmen. »Ich bin gleich wieder unten.« Er rennt die Treppe rauf, um seine Jogginghose anzuziehen.
Als Jan eine Stunde später mit verschwitztem und rotem Gesicht ins Haus kommt, sitzt Fleur schon auf dem Sofa.
»Du bist aber früh. Ich muss zuerst noch duschen.« Er will nach oben gehen, aber Fleur hält ihn zurück.
»Warte mal«, sagt sie, »wir fangen nicht sofort an. Wenn du nichts dagegen hast, würde ich es lieber auf morgen verschieben, denn heute will ich mit Debby zum Fußball.«
»Du und Fußball?« Jan traut seinen Ohren nicht. Fleur interessiert sich noch nicht einmal dafür, wenn Ajax Amsterdam im Finale ist.
»Timo spielt mit«, gesteht sie. Jan fasst sich an den Kopf.
»Na klar, du hast ja jetzt einen Freund. Wie konnte ich das vergessen.«
»Ich kann Timo nur heute treffen«, verteidigt sich Fleur. »Morgen macht er zusammen mit einem Freund Musik.«
»Am Sonntag?« Jan sieht Fleur entgeistert an. »Und das lässt

du dir gefallen? Wenn man verliebt ist, finde ich, muss man die Sonntage zusammen verbringen. Auf dem Sofa sitzen, Händchen halten und bei den Schwiegereltern zu Mittag essen – so gehört sich das!«

»Wart mal ab, bis du eine Freundin hast«, sagt Fleur. »Dann willst du auch so oft wie möglich mit ihr zusammen sein.«

»Da kannst du lange warten«, entgegnet Jan lachend.

»Ach ja, fast hätte ich's vergessen«, sagt Fleur. »Gestern haben wir abgemacht, dass wir am späten Nachmittag Billard spielen gehen.«

»Billard?«, fragt Jan überrascht. »Ich denk, das kannst du nicht leiden?«

»Das braucht Timo ja nicht zu wissen. Billard findet er total klasse.«

»Nein, du stehst überhaupt nicht unter dem Pantoffel!«, spottet Jan. »Du machst also alles, was Timo toll findet. Fängst du etwa jetzt auch noch zu rauchen an? Timo ist nämlich ein alter Paffer, musst du wissen.«

Fleur wird rot.

»Oh nein!« Jan braucht nur in Fleurs Gesicht zu sehen und er weiß Bescheid.

»Ich habe zwei Züge genommen, mehr nicht. Und, ähm, würdest du Melissa Bescheid sagen?«, fragt sie schnell, um Jan vom Thema abzubringen. »Um vier Uhr im *Central.*«

»In Ordnung«, sagt Jan, »ich komme auf jeden Fall. Ich verdiene heute Nachmittag 15 Gulden, die kann ich gleich verprassen. Und morgen setzen wir uns an die Hausarbeit?« Als Fleur nickt, sagt er: »Gib Timo auf jeden Fall meine Nummer. Für deinen Freund musst du jederzeit erreichbar sein.

Stell dir vor, wenn er plötzlich Lust hat, dich zu küssen – dann muss er doch wissen, wo du steckst . . .«
»Hör auf!« Fleur zieht Jan kurz an den Haaren und geht dann zur Tür.

So gute Bedingungen hat Jan noch nie bei einem Job gehabt. Herrn de Raafs Auto war in der Sonne geparkt und Melissas Mutter hatte den Gartenschlauch ausgerollt, dass er nicht für jeden neuen Eimer Wasser ins Haus laufen musste. Außerdem war das Auto innen überhaupt nicht schmutzig. Wenn er das mit dem rollenden Mülleimer seines Vaters verglich . . . Aber der machte seinen Wagen auch nicht jede Woche, sondern zweimal im Jahr sauber. Dann kriegt er einen Anfall und mistet das gesamte Auto aus. Im Mercedes von Melissas Vater lagen, wenn es hochkam, drei Sandkörnchen – das war alles. Trotzdem hatte Jan innen gesaugt, schließlich wurde er dafür bezahlt.

Jan schaut auf seine Armbanduhr, es ist jetzt Viertel vor drei. Wahrscheinlich ist Melissa gerade nach Hause gekommen. Er ist gespannt, wie es gelaufen ist – sicher ruft sie gleich an. In einer Stunde will er ins *Central*. Am besten fängt er schon mal mit den Hausaufgaben an, denn wenn Fleur morgen kommt, bleibt dafür kaum noch Zeit. Wenn er mit ihr nicht all die Stunden verquatscht hätte – dann wären sie mit der Hausarbeit schon zur Hälfte fertig gewesen. Er nimmt sein Englischheft und beginnt zu pauken. Heute Morgen hat er einen Brief auf Englisch an Steve geschrieben, das merkt er deutlich, denn er ist viel schneller als sonst. Überhaupt läuft heute alles wie geschmiert. Auch die Fragen für Erdkunde sind in einem Klacks erledigt. Jan ist mit seinen Hausaufgaben fast fertig, als das Telefon klingelt. Er rennt nach unten, das ist sicher Melissa.

»Hallo, hier Jan.«

»Hallo, Jan, hier spricht Anne de Raaf.« Jan erkennt die Stimme von Melissas Mutter sofort.

»Wir haben ein kleines Problem. Meine Mutter hat gerade angerufen, weil sie sich nicht wohlfühlt. Wir würden gerne sofort zu ihr fahren, aber Melissa ist noch mit ein paar Freundinnen in der Stadt. Ich habe ihr zwar einen Zettel hingelegt, aber vielleicht sieht sie ihn nicht. Du triffst sie doch nachher, würdest du ihr dann bitte Bescheid sagen?«

»Natürlich«, antwortet Jan.

»Falls ihr vielleicht beide hier essen möchtet .... im Gefrierfach liegen zwei Pizzas.«

»Das klingt gut«, sagt Jan. »Ich wünsche Ihrer Mutter gute Besserung und ich werde Melissa Bescheid sagen.« Jan ist überrascht, weil Melissa noch immer nicht zu Hause ist. Um elf Uhr wollte sie doch schon bei Jim sein und man kann doch nicht stundenlang proben. Wahrscheinlich ist es noch ganz nett geworden, aber wenn sie hört, dass sie sich noch zum Billardspielen im *Central* treffen werden, kommt sie sicherlich mit. Jan beschließt, sie abzuholen. Er hat zwar ungefähr eine Vorstellung, wo Jim wohnt, aber er will nicht denselben Fehler wie gestern, bei der Fahrt zum Studio, machen. Also holt er zur Sicherheit lieber den Stadtplan und faltet ihn auf.

Seine Vermutung war richtig, die Van-Hogendorp-Straße

liegt in der Nähe des Bahndamms hinter dem Tunnel. Hoffentlich verpasst er Melissa nicht, dann wäre er das ganze Stück umsonst gefahren. Als er sein Fahrrad aufschließt, fällt Jan auf, dass er heute einen verdammt sportlichen Tag hat.

Ein Glück, Melissa ist noch da, denkt er, als er ihr Fahrrad vor Jims Haus stehen sieht. Er geht zum Eingang und drückt auf die oberste Klingel, aber keiner macht auf. Er läuft ein Stück zurück bis zur Bordsteinkante und sieht nach oben, aber niemand steht am Fenster. Jan schätzt die Entfernung – es ist zu hoch. Er würde es nicht schaffen, ein Steinchen an die Scheibe zu werfen –, das würde eher im zweiten Stock landen und das Risiko will er lieber nicht eingehen, denn die Gegend hier wirkt nicht gerade vertrauenswürdig.

Wie soll er Melissa nur Bescheid sagen? Er könnte ihr natürlich einen Zettel unter die Fahrradklingel stecken: »Wir sind im *Central.*« Dazu müsste er Papier und Stift besorgen. Jan sieht zum Tabakladen auf der anderen Straßenseite hinüber. Dort kriegt er sicher einen Zettel. Gerade, als er die Straße überqueren will, hört er ein Geräusch aus dem Treppenhaus. Jan lauscht. Ja, genau, da kommt jemand nach unten. Dann wird am Türschloss gerüttelt und die Tür geht langsam auf.

»Melissa!« Jan erschrickt, als er sie sieht. Ihr Blick ist irgendwie anders und außerdem ist sie blass. Melissa sieht überrascht auf.

»Gut, dass du da bist. Ich muss dir etwas ganz Spannendes erzählen.«

Jan merkt, dass sie schwankt, als sie nach draußen kommt.

»Geht's?«, fragt er.

Melissa schlingt beide Arme um ihn und gibt ihm einen

Kuss. »Mir geht es supergut. Oh, Jan, es war so unbeschreiblich. Das hätte dir auch gefallen. Ich bin so froh, dass ich Jim kennengelernt habe. Wusstest du, dass man Farben riechen kann? Du glaubst mir nicht, was? Aber man kann!«

Jan begreift überhaupt nichts. »Wovon redest du?«

»Von der Schlange, die sie auf Katys Bauch gemalt haben. Immer wieder änderten sich die Farben, sie wurde rot und dann wieder gelb und plötzlich waren die Farben der Schlange ein Feld voller Blumen. Und ich konnte sie riechen und schmecken. Du musst nicht erschrecken«, sagt Melissa, als sie Jans Gesicht sieht. »Es war fantastisch. Ich habe wahnsinnig tolle Momente erlebt, aber auch unheimliche. Auf einmal dachte ich, die Schlange würde von ihrem Bauch herunterkriechen. Ich wurde total panisch und wollte wegrennen. Zum Glück hat Jim mich beruhigt.«

»Als es unheimlich wurde?« Jan nimmt Melissas Gesicht in seine Hände. »Was haben sie mit dir gemacht?« Er will sofort nach oben rennen.

»Bleib hier«, ruft Melissa. »Werd nicht gleich wütend! Es ist nicht ihre Schuld, ich wollte es selbst. Jim fragte, ob ich es probieren will. Katy und Ron sagten, dass es überhaupt nicht schlimm sei. Und dass ich den Videoclip vergessen könnte, wenn ich mich so etwas nicht trauen würde. Und das denke ich jetzt auch, so was muss man erlebt haben!«

»War es Marihuana?«

»Nein, LSD.«

»LSD . . .? Du hast LSD genommen? Das ist doch total gefährlich!«, ruft Jan entsetzt.

»Überhaupt nicht. Man kann davon nicht süchtig werden. Es

war ja nur ein Mal. Nur um zu feiern, dass ich jetzt beim Clip mitmache. Jetzt weiß ich, wie es ist, und das nächste Mal mache ich es nicht mehr. Aber ich bereue es überhaupt nicht. Es war total klasse!« Melissa geht zu ihrem Fahrrad.
»Wie fühlst du dich?«
»Ein bisschen seekrank.« Melissa lacht. »Sonst nichts, es wirkt schon längst nicht mehr.«
»Trotzdem, du solltest nicht Fahrrad fahren. Spring bei mir auf, ich kann fahren und deins nebenherschieben.«
Wahrscheinlich hat Melissa selbst gemerkt, wie wackelig sie auf den Beinen steht, denn sie tut brav, was Jan sagt.
»Weißt du«, sagt sie, als sie losfahren, »manchmal war mir, als ob ich schwebe. Bei einem Trip wird die Wahrnehmung total sensibel. Da lag ein Teppich auf dem Boden. Als ich ihn anschaute, veränderten sich immer wieder die Muster. Sie wurden schöner! So schön, das kannst du dir nicht vorstellen. Ich wusste nicht, dass es so etwas gibt. Und ich wurde ganz frei. Auf einmal fing ich zu tanzen an, ganz allein. Stell dir vor. Die anderen fanden es toll, es sah richtig gut aus, sagten sie. Jim meint, ich passe wirklich gut in den Clip und dass wir noch viel mehr Videos machen würden. Super, oder?«
Nicht alles, was Melissa erzählt, dringt zu Jan durch, denn er kann nur eins denken: Melissa hat LSD genommen, nur um dazuzugehören. Er hätte nie gedacht, dass sie so blöd sein würde.

6.

In den vergangenen zwei Wochen hat Melissa ein paar Mal pro Woche für den Clip geübt. Jan macht sich Sorgen, denn sie wirkt danach manchmal so abwesend. Melissa behauptet zwar, sie würden bloß Gras rauchen, aber Jan ist sich da nicht so sicher. Fleur meint auch, dass Melissa in letzter Zeit »anders« ist. Zum Glück wird das ab morgen vorbei sein, denn heute Nachmittag werden die Aufnahmen gemacht.

Jan trinkt einen Schluck Tee. Er hat noch Zeit, die erste Stunde fällt aus. Das Telefon klingelt, seine Mutter nimmt ab. »Jan, Melissa für dich.«

Er hat gerade mal Guten Morgen gesagt, da fängt Melissa auch schon an, sich aufzuregen. »Ich habe totalen Zoff mit meinen Eltern. Houtenbos, der Blödmann, rief heute Morgen an, als ich noch unter der Dusche stand. Und was glaubst du? Bittet der Idiot meinen Vater, mir auszurichten, dass der Clip um einen Monat verschoben wird. Mein Vater ist vielleicht wütend geworden!«

Jan findet, dass es ihre eigene Schuld ist. Melissa hätte es schlauer organisieren müssen und Rob niemals ihre Telefonnummer geben dürfen. Oder Rob ausdrücklich sagen, dass ihre Eltern nichts wissen dürfen. Aber Melissa ist schon sauer genug, deswegen sagt er bloß: »Na und? Dann gehst du eben heimlich ins Studio.« Daran hat Melissa auch schon gedacht. »Am schlimmsten ist, dass ich drei Tage Hausarrest habe.«

»Das hältst du schon durch«, sagt Jan. »Das passiert doch öfter.«

»Darum geht's nicht«, meint Melissa. »Ich sollte heute Nachmittag zu Jim zum Üben kommen. Jan, du musst dir etwas einfallen lassen. Katy und Ron kommen auch. Wenn ich sie hängen lasse, werden sie sauer und dann wollen sie nicht mehr mit mir zusammenarbeiten.«

Melissa tut ihm leid, aber so schnell weiß Jan auch keine Lösung. »Weißt du, was? Wir fahren zusammen zur Schule, gemeinsam fällt uns sicher was ein. Bis nachher, bei der Brücke.« Jan legt auf.

»Ist was?«

»Nichts Besonderes«, wehrt Jan ab. Was für ein Mist! Er hatte gehofft, dass Melissa die Tänzer endlich los wäre. Jetzt dauert es noch einen Monat. Sie ist schon jetzt, nach zwei Wochen, vollkommen in deren Bann mit ihren bescheuerten Joints. Wie wird es erst in einem Monat sein? Jan packt seine Brote in die Tasche. Seine gute Laune ist schlagartig verschwunden.

»Schwierig«, meint Jan, als er eine Viertelstunde später neben Melissa zur Schule radelt. »Ich zerbrech mir schon die ganze Zeit den Kopf, aber ich hab keine Ahnung, wie du das auf die Reihe kriegen kannst.«

Melissa zuckt mit den Schultern. Sie ist noch immer wütend auf ihre Eltern. »Die gönnen mir das einfach nicht, weil sie selbst so einen öden Job haben . . .« Plötzlich schwenkt sie nach links.

»Pass auf!« Jan zieht ihren Lenker zu sich heran. »Fast hättest du das Auto gerammt.«
»Na, und?« Melissa fährt unbeeindruckt weiter.
»Ach, ja. Stimmt! Das ist natürlich mal was Neues: ein Videoclip mit einer Tänzerin ohne Beine.«
»Iii«, ruft Melissa. »Ich seh mich schon im Krankenhaus liegen.«
»Ich nicht. Dein Vater stürmt doch sofort ins Krankenhaus. ›Hey, du. Mitkommen! Ich habe doch gesagt, dass du Hausarrest hast.‹«
Glücklicherweise kann Melissa darüber lachen. »So gemein ist er nun auch wieder nicht.«
Doch sobald sie an ihre Eltern denkt, wird sie wieder wütend. »Lächerlich, mir Hausarrest zu geben. Zur Strafe rauch ich in der Pause zehn Kippen.«
»Die Pause . . .« Jan legt seine Hand auf Melissas Lenker. »Jetzt weiß ich, was du machen kannst. In der großen Pause fährst du bei Jim vorbei und erzählst ihm, was passiert ist.«
»Schaff ich das?«
»So weit ist es doch nicht? Zehn Minuten hin und zehn Minuten zurück. In Englisch kannst du ruhig eine Viertelstunde zu spät kommen. Ich sag einfach, dass du deine Sportsachen vergessen hast.«
»Das würdest du machen?!« Melissa geht es gleich besser. »Zur Belohnung helfe ich dir heute Nachmittag bei Mathe.«
»Ich erinner dich dran!«
Melissa ist ein Mathe-Ass. Und gut erklären kann sie auch. Wenn sie zusammen eine Stunde üben, schafft Jan morgen

sicher eine Drei, und die kann er gut gebrauchen, denn zur Zeit steht er vier minus.

»Gibst du unsere Hausarbeit ab oder ich?«, fragt Fleur, als sie auf dem Schulhof stehen.
»Ich mach's schon.« Jan weiß, dass Fleur Frau Schoneveld nicht leiden kann. Als Fleur die Hausarbeit aus ihrer Tasche zieht, wird Jan blass. Sie ist total zerknittert!
»Das ist nicht dein Ernst? Daran haben wir den halben Sonntag geackert.« Es kostet ihn Mühe, nicht wütend zu werden. »Diesen Fetzen können wir doch nicht abgeben.«
Als die anderen die Blätter sehen, fangen sie an zu lachen.
»Wie hast du das denn hingekriegt?«
»Warte!« Kevin weiß eine Lösung. Er legt die Hausarbeit auf den Boden und stellt sich drauf.
»Nein, nicht!«, schreit Jan. »So machst du es nur noch schlimmer.« Zu spät. Jetzt ist auch noch Kevins Fußabdruck auf dem Deckblatt.
»Sorry«, sagt Kevin, »darf ich euch vielleicht unsere Hausarbeit anbieten?«
»Unsere Hausarbeit?«, fragt Melissa empört. »Du hast doch gar nichts gemacht!«
»Klar doch. Als ich gestern auf der Skateboardbahn war, habe ich lauter positive Gedanken an dich geschickt. Und es hat geholfen, sei ehrlich. Sonst hättest du es nicht so schnell geschafft.«
»Was machen wir jetzt hiermit?« Jan hält die Hausarbeit hoch.
»Das!« Fleur nimmt Debbys Feuerzeug und hält die Flamme

darunter. Jan will es wegschlagen, aber schon brennt das erste Blatt. Jetzt wird er wirklich wütend.

»Du bist wohl völlig durchgeknallt, was? Jetzt können wir es noch mal machen. Vielen herzlichen Dank!«

»Gern geschehen! Übrigens: Ich hab hier noch etwas für dich.« Fleur öffnet ihre Tasche und zieht eine ordentliche Hausarbeit heraus.

»Gut, was?«, sagt sie. »Die andere Hausarbeit war vom letzten Jahr.«

Jan hat keine Zeit mehr, sich zu revanchieren, denn es klingelt.

»Wir sollten van Haringen ein bisschen ärgern.« Kevin reibt sich genüsslich die Hände.

»Also, Leute«, Jan dreht sich zu seinen Freunden um, »wenn wir diese Stunde überleben, schaffen wir auch den Rest des Schuljahrs.«

»Wir kriegen unseren Test zurück«, meint Melissa. »Es würde mich nicht wundern, wenn wir alle eine Fünf haben.«

»Die Fragen waren viel zu schwierig.« Naomi hält die Tests von van Haringen jedes Mal für zu schwierig. »Das stimmt!«, finden alle.

»Er ist ein Sklaventreiber«, sagt Kevin. »Wir müssen's ihm zeigen.«

Herr van Haringen ist schlecht gelaunt, das merken sie gleich, als sie reinkommen.

»Schönes Wetter heute«, sagt Jawad so höflich wie möglich.

»Schöner als der Test auf jeden Fall.« Herr van Haringen hält die Blätter hoch.

Alle sehen sich an: Sie hatten recht!

Ihr Lehrer schlägt sein Buch auf. »Er ist skandalös schlecht ausgefallen. Frau van Lanen hat eine Drei und der Rest sind lauter Vieren und Fünfen. Bis auf Herrn Groenhart, der hat eine Sechs.«
Kevin steht auf und verbeugt sich vor der Klasse, als hätte er einen grandiosen Erfolg erzielt. Alle beginnen zu klatschen. Da platzt Herrn van Haringen der Kragen. »Was fällt euch ein?«, brüllt er. »Ich habe selten so viele Nichtsnutze auf einem Haufen gesehen. Die Exkursion nach Amsterdam ist gestrichen.«
»Hurra!« Es rutscht Jan raus und der Rest der Klasse stimmt ein, doch das hätten sie besser nicht getan.
»Würden die Damen und Herren ihre Hefte und Bücher vom Tisch nehmen.« Ihr Lehrer holt einen Stapel Prüfungsblätter aus dem Schrank und teilt sie aus. »Notieren Sie die erste Frage des Tests . . .«, und er fängt an.

Als die Klingel zur großen Pause ertönt, geht Melissa zu Jan. »Mir ist nicht ganz wohl dabei, jetzt zu Jim zu gehen. Nachher erwischen sie mich noch.«
»Du hast einfach dein Sportzeug vergessen, was soll denn da schiefgehen?«
»Stimmt.« Melissa ist beruhigt. »Fleur vergisst so oft ihre Sachen. Ich sollte mich nicht so anstellen. Bis gleich.« Und dann geht sie.
»Viel Erfolg!«, ruft ihr Jan noch nach. Gerade, als er es Fleur erzählen will, kommt Timo vorbei. Jan muss lachen, wenn er die zwei so sieht. Er hätte nie gedacht, dass Fleur so verliebt sein kann. Und Timo ist auch nur noch am Strahlen.

»Timo!« Seine Freunde warten in der Schwingtür. Sie machen ihm Zeichen, dass sie eine rauchen gehen wollen.
»Ich komm gleich.« Timo gibt Fleur einen Kuss.
»Bleib doch hier«, sagt Fleur, als Timo weggehen will, und hält ihn am Arm fest.
»Wir wollen über unsere Reise sprechen«, mahnt Debby.
»Haha, dann musst du erst recht bleiben.« Fleur zieht Timo an sich. »Mein Mann kommt auch mit auf die Reise, nicht wahr?« Und sie gibt ihm einen Kuss.
Timo lacht. »Ich weiß von nichts.«
»Ist auch nicht nötig«, antwortet Fleur. »Dann ist es eine Überraschungsfahrt.«
»He, Saugnapf!«, ertönt es plötzlich.
Da reißt sich Timo los. »Ich muss jetzt wirklich gehen, sonst paffen die mir alles weg.«
»Dein Glimmstängel ist also wichtiger als ich! Sieh mal einer an!«, stichelt Fleur.
»Eben nicht«, sagt Timo. »Man sollte immer zuerst die unangenehmen Sachen machen und dann die angenehmen. Ich rauch jetzt schnell, umso eher hab ich's hinter mir.«
»Jaja«, lacht Fleur.
»Nach der sechsten Stunde seh ich dich noch kurz«, sagt Timo.
»Dann bin ich nicht mehr da«, antwortet Fleur.
»Aber ich.« Debby blinzelt Timo zu. Die anderen müssen lachen, aber Jan findet das gar nicht lustig. Und schon gar nicht, wenn er sieht, wie Debby dabei guckt. Sie hat sich absichtlich direkt vor Timo gesetzt – in ihrem knappen Pullover. Seit Fleur und Timo zusammen sind, trägt Debby nur

noch enge Pullover. Das kann Zufall sein, aber Jan glaubt es eigentlich nicht. Melissa ist es auch schon aufgefallen. Melissa . . . Ob sie schon da ist? Er sieht auf seine Uhr. Aber ja, die ist schon bei Jim.

Melissa hat Glück, dass Jan bei Herrn Dolleman einen Stein im Brett hat, denn er glaubt ihm sofort, als er sagt, Melissa sei ihr Sportzeug holen gegangen. Aber erfreut ist er natürlich nicht. »Muss das ausgerechnet während meiner Stunde sein?«
»Das war nicht anders möglich«, sagt Jan. »Davor hatten wir Baron van Haringen und der würde aus so etwas ein riesiges Problem machen. Sie sind viel lockerer, das weiß doch jeder.«
»Dann muss ich mich also eigentlich geehrt fühlen?«
»So ungefähr«, antwortet Jan.
Debby ist mit ihrem Referat an der Reihe. Jan ist froh, dass sein Nachname mit einem W beginnt. Ein Referat zu halten, ist für ihn ein Albtraum, und dann auch noch auf Englisch. Die Lehrer formulieren es immer so schön: »Worüber regt ihr euch eigentlich auf? Es braucht nicht länger als fünf Minuten zu sein.«
Na, fünf Minuten können ganz schön dauern! Debby hat damit überhaupt kein Problem, die fängt einfach auf Englisch an zu quatschen. An den Gesichtern seiner Mitschüler kann Jan ablesen, dass es sogar ganz interessant zu sein scheint, aber er kann sich nicht konzentrieren. Er denkt die ganze Zeit an Melissa.
Sie haben Debbys Referat bereits ausführlich besprochen,

aber Melissa ist noch immer nicht zurück. Jan sieht auf die Uhr. Es sind schon zwanzig Minuten vergangen, jetzt könnte sie aber wirklich kommen! Sobald Jan ein Geräusch im Flur hört, zuckt er zusammen. Aber am Ende der Stunde ist sie noch immer nicht da. Glücklicherweise hat Herr Dolleman sie vergessen, doch was soll er Herrn Leffertstra, dem Sportlehrer, erzählen? Bestimmt meldet der das Fehlen im Sekretariat. Jan läuft als Erster aus der Klasse, aber leider steht Melissa nicht im Flur. Ihre Jacke hängt auch nicht am Kleiderhaken. Wo bleibt sie nur?

Hoffentlich macht sie keinen Mist. Auf einmal erinnert sich Jan wieder daran, wie Melissa an dem einen Samstag drauf war. Sie werden ihr doch wohl nichts in ihre Cola getan haben? Schlagartig bekommt er Schuldgefühle. Wieso hat er sich diesen lächerlichen Plan ausgedacht? Er hätte Melissa niemals allein zu Jim gehen lassen sollen und er überlegt, ob er ihr nachfahren soll, aber dann versaut er bestimmt alles. Wenn sie beide fehlen, fällt es erst recht auf. Es ist das Beste, erst nach der Sportstunde abzuhauen.

7.

Melissa ist nicht mehr aufgetaucht, auch nicht zum Sportunterricht, aber ihre Freunde haben dafür gesorgt, dass Herr Leffertstra sie nicht als fehlend eingetragen hat. Jan schlug vor, einen Brief zu schreiben, in dem stand, Melissa müsse zum Zahnarzt.

»Super«, fand Fleur. »Aber es gibt nur einen, der das hinkriegt.« Alle drei schauten Kevin an.

Und tatsächlich: Der Brief sah perfekt aus, sogar die gefälschte Unterschrift von Herrn de Raaf.

»Wer soll ihn abgeben?«, fragte Jan.

»Du natürlich«, entgegnete Debby. »Inzwischen weiß sogar Leffertstra, dass Melissa und du was miteinander habt.«

Jan regte sich sofort auf. »Wir gehen überhaupt nicht miteinander. Melissa und ich sind einfach gute Freunde. Aber so was verstehst du natürlich nicht.«

»Debby soll ihn abgeben«, platzte Fleur dazwischen, um die beiden auseinandezbringen. Jan gab Fleur recht. Ihr Sportlehrer wird dahinschmelzen, wenn Debby ihn zuckersüß anlächelt. Das hatten sie schon mehr als einmal erlebt. Als ihr Lehrer den Brief auseinanderfaltete, trauten sie sich nicht, einander anzuschauen. Jan sah sich schon die nächsten zwei Tage nachsitzen – die Strafe für gefälschte Entschuldigungen. Zum Glück zweifelte Leffertstra nicht eine Sekunde. »Danke«, sagte er lediglich und steckte den Brief ein.

»Was für eine Pfeife ist der Leffertstra doch«, stellt Kevin auf dem Heimweg fest. »Das muss ich meinem Vater erzählen.« Vor lauter Genugtuung führt er ein neues Kunststück auf seinem BMX-Rad vor. »Mein Dad lacht sich kaputt, wenn er das hört.«

»Der findet dich natürlich wieder cool.« Jan kennt Kevins Vater. Er selbst hütet sich, zu Hause so etwas zu erzählen. Kevins Vater hingegen wird vermutlich stolz auf seinen Sohn sein.

»Versuch doch, ihm so einen Rotor für dein BMX aus den Rippen zu leiern«, schlägt Debby vor.

Fleur ist begeistert: »Du drohst ihm einfach, dass du zum Weichei wirst, wenn du ihn nicht kriegst.«

Kevin muss lachen. »Das ist wahrscheinlich das Schlimmste, was ich meinem Dad antun kann. Da wäre es ihm lieber, ich flöge von der Schule.«

»Das können wir ruhig öfter machen«, meint Fleur. »Ein Brief von Kevin pro Monat und wir haben allesamt pro Monat einen Ferientag gratis.«

»Okay«, sagt Kevin, »sollten Sie ernsthaft interessiert sein, sage ich meiner Sekretärin, sie soll Ihnen meine Preisliste zukommen lassen.«

Jan lacht, aber es kommt nicht von Herzen. Es liegt ihm ganz schön im Magen, dass Melissa nicht zurückgekommen ist. Er kann an nichts anderes denken, vor allem auf dem letzten Stück nach Hause, als er allein radelt. Er ist überzeugt, dass das Gespräch mit Jim schiefgelaufen ist. Wahrscheinlich hat er ihr gedroht, sie brauche nicht mehr wiederzukommen, wenn sie nicht zur Probe erscheint. Das muss furchtbar für Melissa sein. Deswegen ist sie wahrscheinlich nicht mehr in die Schule zurückgekommen. Es wird nicht leicht sein, sie zu trösten. Jetzt ist sie natürlich erst recht sauer auf ihre Eltern – schließlich ist es deren Schuld, wenn Melissa der Clip durch die Lappen geht.

Nachdem Jan die Haustür aufgeschlossen hat, geht er sofort ins Wohnzimmer. Schade, das Lämpchen des Anrufbeantworters blinkt nicht. Also hat Melissa nicht angerufen, geschweige eine Nachricht hinterlassen. Das tut sie nämlich nie: Melissa legt immer auf, wenn sich der Anrufbeantworter einschaltet. Jan findet es auch ziemlich unangenehm, mit so einem toten Ding zu sprechen. Kevin dagegen hat damit überhaupt kein Problem. Im Gegenteil: Er quatscht das ganze Band voll. Jan schaltet den Anrufbeantworter aus. Vielleicht ist Melissa schon längst zu Hause, man kann nie wissen. Möglicherweise war sie derart frustriert, dass sie nach Hause gegangen ist und ihrer Mutter erzählt hat, sie sei krank. Na ja, Melissa wird sicher bald anrufen. Treffer – keine Sekunde später klingelt das Telefon. Er reißt den Hörer vom Apparat.

»Jan.«

»Hallo!«, ruft Melissa am anderen Ende. »Du musst sofort herkommen. Ich habe etwas zu feiern.«

»Zu feiern?«

»Ja«, antwortet Melissa, »komm her und ich erzähl dir alles.«

»Jim hat dich also nicht aus dem Clip geworfen?«, fragt Jan.

»Wie kommst du denn darauf?« Melissa lacht. »Es ist super gelaufen. Ich habe einen tollen Tag gehabt, wirklich, jetzt fängt es richtig an, ich fühl mich fantastisch. Bis gleich, ja? Dicken Kuss.« Bevor sie aufhängt, schickt sie ihm noch schnell einen Schmatzer durch den Hörer. Total überrumpelt legt Jan auf. Ach, so ist das, denkt er, sie hatte einen Supertag. Er fühlt sich hintergangen und es regt ihn tierisch auf, dass sie jetzt fröhlich in ihrem Zimmer sitzt, während er ihretwegen einen beschissenen Tag hatte. Und sie hat es noch nicht einmal für nötig gehalten zu fragen, wie es ihm geht! Sie tut gerade so, als ob es vollkommen normal sei, nicht mehr aufzukreuzen, obwohl es ausgemacht war, und dann noch nicht einmal etwas von sich hören zu lassen. Für sie ist es natürlich die normalste Sache der Welt, dass ihre Freunde ihr helfen. Jan gießt sich ein Glas Cola ein. Vor lauter Wut schüttet er die Hälfte daneben. Er hat überhaupt keine Lust, zu Melissa zu gehen. Sie wollte ihm bei Mathe helfen. Das hat sie natürlich auch vergessen. Na gut, dann kapiert er die Aufgaben eben nicht. Er will gar nicht mehr, dass sie ihm hilft. Lieber kriegt er eine Fünf! Oder er fragt seinen Vater – und das will was heißen! Jan hat noch nicht einmal Lust, ihr abzusagen. Sie wird es schon von selbst merken, wenn er nicht kommt.

Je länger Jan darüber nachdenkt, desto wütender wird er. Am meisten auf sich selbst. In der Sportstunde hatten sie Softball gespielt und er durfte Pitcher sein. Sein Team war froh: Einen besseren Pitcher als Jan gab es nicht in der Klasse. Bis heute jedenfalls, denn Jan setzte alle Bälle in den Sand. Er musste die ganze Zeit an Melissa denken, schön blöd! Wenn er etwas an sich nicht leiden kann, ist es sein

verdammtes Verantwortungsbewusstsein. Er hätte auf Kevin hören sollen: »Mach dich nicht verrückt, Mann. Die Kleine hat sich heute Nachmittag freigenommen.«
Jan nimmt seinen Rucksack und geht nach oben. Sogar noch auf der Treppe klingt Melissas Stimme in seinen Ohren: »Ich habe etwas zu feiern.« Na, herzlichen Glückwunsch, denkt Jan. Aber ohne mich.
Er schlägt sein Mathebuch auf. Wenn er jetzt ganz am Anfang des Kapitels beginnt, vielleicht versteht er es ja dann. Er versucht nicht mehr, an Melissa zu denken, aber es gelingt ihm nicht. Wie lange wird es wohl dauern, bis sie sich wieder meldet? Erneut steigt Wut in ihm hoch. Soll sie doch anrufen! Dann wird sie was zu hören bekommen! Aber schon eine Minute später hat er sich's anders überlegt. Er wäre ja verrückt, noch mehr Zeit an sie zu verschwenden. Er wird das Telefon einfach klingeln lassen. Dann braucht er sich darüber jedenfalls keine Gedanken mehr zu machen. Viel wichtiger ist, morgen eine Vier zu schreiben.
Jan sieht sich das Rechenbeispiel im Buch an. Wie machen die das? Er kaut am Ende seines Stifts herum. Was für ein Zahlenchaos! Da soll einer durchblicken. Zuerst rafft er gar nichts, die überschlagen einfach ein paar Schritte. Logisch, dass er es nicht versteht. Oder doch? Auf einmal dämmert es ihm und er hat's kapiert. Jan sieht auf die Uhr. Er hat zehn Minuten für diese kleine Aufgabe gebraucht. Wenn er in dem Tempo weitermacht, ist er nächste Woche noch nicht fertig. Melissa erledigt so was in null Komma nichts! Jan macht sich an die nächste Aufgabe.
Einfach klingeln lassen, denkt Jan, als er das Telefon hört.

Aber es könnte auch Kevin sein! Wer weiß, vielleicht hat der einen Superplan, der ihn von Mathe erlöst. Oder noch besser: Kevin weiß eine gute Entschuldigung, um diesen furchtbaren Test nicht machen zu müssen. Jan steht auf und nimmt hoffnungsvoll den Hörer ab.

»Nanu«, erklingt Melissas überraschte Stimme, »du bist noch zu Hause?«

»Natürlich bin ich noch zu Hause!«, schnaubt Jan.

Melissa ahnt wirklich nichts. »Du wolltest doch herkommen.«

»Was bildest du dir eigentlich ein? Dass ich dazu noch Lust hätte? Du hast mich den ganzen Tag lang verarscht. Ich hab mir totale Sorgen gemacht, aber das ist dir natürlich egal. Feier du mal schön alleine, viel Spaß!« Er knallt den Hörer auf die Gabel. So, das war deutlich. Jan hat seinen Fuß schon auf der ersten Treppenstufe, als das Telefon erneut klingelt.

Du kannst mich mal, denkt er und läuft nach oben.

Nach fünf Minuten schlägt er das Mathebuch zu. So wird das nichts mit dem Lernen. Streit mit Melissa zu haben, ist für ihn die Hölle. Er wäre wohl doch besser zu ihr gegangen, um über alles zu reden. Sonst macht er das doch auch immer.

Jan setzt sich aufs Bett. Ist er wirklich so sauer, weil Melissa nicht in die Schule zurückgekommen ist? Vor ein paar Monaten hatte er sich doch auch eine Ausrede für sie einfallen lassen. Aber damals war es anders gewesen: Sie war einfach mit Fleur im Einkaufszentrum gewesen. Jetzt jedoch ... Auf einmal weiß er, warum er so wütend ist: Es ärgert ihn, dass

Melissa den ganzen Tag bei Jim gewesen ist. Er hat kein gutes Gefühl bei der Truppe. Jan muss an Kevin denken. Der hatte eine Weile lang auch falsche Freunde gehabt. Er weiß noch, wie schlimm das war. Damals mussten alle mit ansehen, wie Kevin sich veränderte, aber keiner konnte etwas dagegen tun.

Jetzt hat er dasselbe Ohnmachtsgefühl. Jan starrt vor sich hin. Unterschätzt er Melissa vielleicht? Wenn diese Truppe wirklich einen schlechten Einfluss auf sie hätte, würde Melissa doch schon längst nichts mehr mit ihnen zu tun haben wollen. Bei Kevin ist schließlich auch alles gut gegangen! Als die Jungs irgendwo einbrechen wollten, hat er ihnen die Freundschaft gekündigt. Er muss Melissa mehr vertrauen. Jan fühlt seine Wut langsam verebben. Es tut ihm leid, dass er den Hörer aufgeknallt hat, und er beschließt, zu Melissa zu gehen.

In dem Moment klingelt es. Als er die Tür öffnet, sieht er direkt in Melissas schuldbewusstes Gesicht.

»Darf ich reinkommen?«

»Natürlich.« Jan geht voraus in sein Zimmer.

»Ich bin geflüchtet. Meine Mutter musste unerwartet zu Oma, die fühlte sich nicht wohl. Ich bin gleich los, nachdem sie fort war – ich musste zu dir.« Melissa hält Jans Hände fest. »Es tut mir leid. Weißt du, ich habe keine Sekunde lang an dich gedacht. Das hatte auch mit dem Joint zu tun. Ich wurde furchtbar albern. Ich hatte überhaupt nicht vor mitzurauchen, aber Jim hatte so gute Neuigkeiten. Er will seine eigene Tanznummer machen und hat auch schon einen Produzenten. Es wird etwas ganz Besonderes werden, ein Tanz, den jeder übernehmen wird. Ich bin überzeugt, dass es ihm gelingt, und ich darf mitmachen. Katy und Ron auch.« Melissa sieht Jan an.

»Ich werde Tänzerin, Jan! Das wollte ich schon immer. Hörst du? Mein größter Wunsch geht in Erfüllung!«

Jan sieht, wie glücklich Melissa ist, und das rührt ihn. Wenn Jim dafür sorgt, dass Melissas Traum in Erfüllung geht, ist der Typ in Ordnung.

»Du willst es wirklich gern, nicht wahr?«, fragt Jan.

Melissa nickt. »Aber es wird noch ganz schön schwierig.«

»Mit der Tanznummer?«

»Auch«, sagt Melissa. »Aber vor allem mit meinen Eltern. Jim hat mir schon prophezeit, dass es nicht ohne Streit gehen wird. Er meinte, das gehört dazu. Ron und Katy haben zu Hause auch großen Ärger gehabt, da muss man durch. Ron wohnt jetzt bei seiner Tante und Katy in einem besetzten Haus. Ich hoffe, bei mir kommt es nicht so weit, aber ich lass mich auch nicht aufhalten. Es ist schließlich mein Leben! Jim sagt, wir würden richtig berühmt werden. Was meinst du, wie stolz meine Eltern dann auf mich wären! Das muss es mir einfach wert sein.«

Jan denkt nach. Es klingt ganz plausibel, was Melissa da sagt. »Wie war das Tanzen heute? Gut?«

»Nein, mit Gras geht es nicht. Ich musste immerzu kichern. Jim ist noch immer ganz weg von Samstag, wie ich da getanzt habe. Deswegen möchte er, dass ich Freitagabend mitkomme, aber ich weiß nicht . . .«

»Zum Produzenten?«, fragt Jan.

»Nein, ins *Florida*. Die Disco, am Stadtrand, im Wald.«

»Warum denn ausgerechnet dahin? Ihr könnt doch auch ins *Palermo,* das ist direkt im Zentrum.«
Melissa sieht zu Boden. »Im *Florida* kann man es scheinbar bekommen.«
»Was kann man da bekommen?«
Melissa fummelt nervös an ihrem Pullover herum. »Na, was zum Lockerwerden. Hast du übrigens die CD von Kevin schon aufgenommen?«, fragt sie schnell.
Aber Jan lässt sich nicht ablenken. »Du wirst doch kein Ecstasy nehmen?«
»So schlimm ist das nicht. Ja, wenn man damit weitermacht und immer mehr nimmt . . . Für mich ist es ja bloß ein Anschubs. Ich nehm's nur ein paar Mal, damit ich mich trau, beim Tanzen aus mir herauszukommen. Danach brauch ich's nicht mehr.«
Jan traut seinen Ohren nicht. Melissa will tatsächlich Ecstasy nehmen? Er kann sich nicht mehr beherrschen. »Hast du sie eigentlich noch alle?«, brüllt er. »Dieser Jim kann mich mal! Das ist kein Gras, Mensch! Die Pillen sind chemisch. Da kann alles Mögliche drin sein. Ist dir klar, dass du dabei draufgehen kannst?«
Melissa nickt. »Ich finde es auch unheimlich, aber das liegt nur daran, dass wir uns nicht richtig auskennen. Im Showbusiness ist es total normal, hat Jim erklärt. Alle Anfänger nehmen etwas.«
»Du gehst nicht ins *Florida!«,* sagt Jan streng. »Ich will das nicht. Sonst kriegst du Ärger mit mir.«
»Das will ich doch auch nicht.« Melissa seufzt.
»Ich mein's ernst«, sagt Jan.

Eine Weile lang herrscht Stille. Dann gibt Melissa Jan einen Klaps auf die Schulter. »Du hast recht! Ich wäre verrückt, ich mach's nicht.«

»Bist du sicher? Selbst wenn alle versuchen, dich zu überreden?« Melissa nickt.

»Du gehst also nicht?«

»Nein, Papa!«, sagt Melissa artig. »Und jetzt werde ich dir bei Mathe helfen. Uns bleibt noch eine Stunde, bevor mein Vater nach Hause kommt.«

Jan beobachtet Melissa, wie sie das Buch aufschlägt. Auf einmal erscheint ihm der Test so unwichtig. Es ist ihm egal, ob er eine Vier in Mathe bekommt. Plötzlich merkt er, dass gerade viel Wichtigeres geschieht. Er hat schon oft etwas über Drogen gelesen und in Philosophie haben sie das Thema ausführlich besprochen. Ehrlich gesagt, hat er nicht sonderlich aufgepasst. Es schien eine völlig andere Welt zu sein, so weit weg. Aber seit sie im Studio gewesen sind, ist das Thema auf einmal ganz nah. Glücklicherweise hat er Melissa ihre Disco-Pläne ausreden können. Wenigstens hört sie auf ihn. Noch, jedenfalls . . . Und da beschleicht Jan ein ängstliches Gefühl: Was wird passieren, wenn Jims Einfluss größer wird?

»Melissa . . .«, beginnt er. Aber als sie aufschaut und er ihr fröhliches Gesicht sieht, wagt er nicht mehr, seine Ängste auszusprechen.

»Schon in Ordnung.«

Und er beugt sich über seine Rechenaufgaben.

8.

Melissas Streit mit ihren Eltern hat sich gelegt. Herr und Frau de Raaf haben zurzeit weiß Gott Wichtigeres zu tun, als sich mit ihrer Tochter herumzustreiten, denn Melissas Oma ist ins Krankenhaus eingeliefert worden. Auch Melissa macht sich Sorgen. Vor Kurzem, in den Weihnachtsferien, war sie noch zusammen mit Jan bei ihr gewesen.

Melissa hat sich vorgenommen, besonders nett zu ihren Eltern zu sein, denn die haben jetzt alle Hände voll zu tun: jeden Tag die Fahrerei ins Krankenhaus. Gestern Abend ist sie mitgegangen.

»Wie war's?«, fragt Jan, als er Melissa morgens im Fahrradkeller der Schule trifft.

»Ich habe mich ziemlich erschrocken. Oma sah furchtbar aus. Aber meine Mutter meint, es gehe ihr schon viel besser. Auf alle Fälle können wir während unserer *Tiener-Tour* nicht bei ihr übernachten.«

Das ist logisch, findet Jan und ihre Freunde, die hinzugekommen sind, stimmen ihm zu, als Melissa erklärt, warum sie sich einen anderen Schlafplatz suchen müssen. Kevin weiß auch schon eine Lösung: »Ich habe eine Tante in Overijssel. Die findet es bestimmt klasse, wenn wir eine Nacht bei ihr pennen.«

»Mmh, leckeres *Roti-Huhn** ...«, ist das Erste woran Jan denkt.

* surinamisches Geflügelgericht

»Da hast du ihre *Baras* noch nicht probiert.« Kevin leckt sich die Lippen.

»Was ist denn mit Timo los?« Melissa zeigt zum Zaun – da fällt es auch den anderen auf: So niedergeschlagen haben sie Timo noch nie gesehen. Es muss etwas Schlimmes passiert sein! Fleur will ihn rufen, aber das ist nicht nötig, denn er rennt gleich zu ihr hin.

»Was ist denn mit dir los?« Fleur umarmt ihn besorgt. Aber Timo zieht sie in eine Ecke des Schulhofs: Was er zu sagen hat, ist nichts für die anderen.

»Der macht Schluss!«, sagt Debby. Jan findet, es klingt eine Spur zu triumphierend, und das gefällt ihm nicht. Er hofft, dass Debby unrecht hat, denn Fleur ist so verliebt.

»Ich hab's euch immer gesagt.« Kevin holt ein Sandwich aus seinem Rucksack, meistens frühstückt er erst auf dem Schulhof. »Ich bin gegen Beziehungen. Die bringen sowieso nichts, damit hat man nur Ärger.«

Timo hätte besser einen anderen Zeitpunkt wählen sollen, um Schluss zu machen, findet Melissa. »Es ist Freitag und wir wollten doch alle zusammen ins *Central* gehen.« Kevin und Jan überlegen schon, wie sie Fleur trösten und auf andere Gedanken bringen können, als Melissa sie anstößt: »Tatsächlich, es ist aus!«

Als sie sich umdrehen, müssen sie laut lachen. Nur Debby schaut gelangweilt wieder weg.

»Reingefallen«, seufzt Kevin. »Die beiden knutschen schon wieder.«

»Und?«, fragen sie, als Fleur zu ihnen kommt. Sie zögert, soll sie es ihnen erzählen?

»Wetten, du kannst es sowieso nicht für dich behalten?!«, stichelt Kevin.
»Also gut. Timo wurde mitten in der Nacht wach und konnte nicht mehr einschlafen.«
»Das habe ich auch schon mal gehabt«, lästert Kevin.
»Timo hatte was Schlechtes geträumt, nämlich, dass ich Schluss machen wollte.«
»Aber das willst du doch auch«, quatscht Kevin wieder dazwischen.
Fleur stibitzt sich ein Stückchen Huhn aus seinem Sandwich und stopft es in den Mund. »Darauf kannste lange warten!«
Das denkt Jan auch: Er hat Fleur noch nie so verliebt gesehen, die macht sicher nicht Schluss. Sie war total glücklich, als Timo letzte Woche sagte, er würde bei der *Tiener-Tour* mitfahren. Alle fanden es klasse. Zuerst hatte Kevin noch Bedenken, ob es nicht nervt, wenn die beiden wie die Kletten aneinanderhängen, aber bei Fleur und Timo stört es ihn komischerweise gar nicht. Die beiden sind so glücklich. Erst diese Woche hatte Jan sich köstlich amüsiert. Fleur hatte Timo vorgeschlage, durchs Einkaufszentrum zu bummeln. »Was soll ich denn da?«, hatte der gefragt. Später haben sie erfahren, dass Fleur Timo in eine Umkleidekabine gelockt hatte und anfing, ihn zu küssen. Das klingt wirklich aufregend, findet Jan, das muss er zugeben.
»Ich habe heute keinen Bock«, sagt er, als es klingelt. »Help!«
Niemand hat Lust.
»Worüber regt ihr euch auf, Leute?«, fragt Kevin. »Wir haben doch bloß acht Stunden.«
Darüber können alle zum Glück wieder lachen.

Der Vormittag vergeht eigentlich ziemlich schnell, denn sie haben zuerst zwei Stunden Niederländisch und danach Kunst. Aber danach ist es die Hölle. Vor allem die letzte Stunde. Herr de Leeuw ist wirklich wochenendreif. Sie sitzen noch nicht mal alle und schon geht's los: »Kevin, setz bitte das Käppi ab.«
»Warum denn, Herr de Leeuw?«, fragt Kevin höflich.
»Weil ich deine Augen sehen möchte.«
»Ach so, dann dreh ich es einfach um«, und er dreht den Schirm nach hinten.
»Kevin, nimm die Mütze ab!«, sagt Herr de Leeuw streng.
»Aber jetzt können Sie meine Augen doch sehen.«
Herr de Leeuw lässt nicht locker.
»Na gut!« Seufzend legt Kevin sein Käppi auf den Tisch, aber er gibt sich noch nicht geschlagen und kämmt sich die Haare nach vorn, sodass eine superlange Locke vor seine Augen fällt. Man kann kaum seine Nase sehen. Die ganze Klasse grölt, er sieht einfach zu bescheuert aus.
»Kevin, mach deine Haare ordentlich!«, donnert es durch den Klassenraum. So wütend hat Jan Herrn de Leeuw noch nie gesehen.
»Das ist mein neuer Look!«, erklärt Kevin – dann darf er seine Sachen zusammenpacken und muss den Raum verlassen.

»Wir haben's überlebt.« Stöhnend verlassen sie nach der achten Stunde das Schulgebäude.
»Was haltet ihr von einer Runde Billard?«, fragt Jan. »Wir haben die Wahl zwischen . . .«

Mitten im Satz bricht er ab. »Sieh mal, wer da steht«, sagt er zu Melissa.
Melissa zuckt zusammen. »Etwa mein Vater?« Sie hat Angst, ihrer Oma könnte etwas passiert sein, aber als sie sieht, dass es Jim ist, geht sie zu ihm. Die anderen sehen Jan fragend an: »Ist das ihr neuer Lover?«
»Nein, einer der Tänzer.«
»Sollen wir auf Melissa warten?«, fragt Kevin. Aber seine Frage erübrigt sich, denn Melissa kommt schon zurück.
»Geht schon mal, ich kann nicht mitkommen. Ich muss noch was besprechen.«
»Tja, so geht das, wenn man im Showbizz landet«, lacht Kevin. »Für seine Freunde hat man dann keine Zeit mehr.« Jan lacht, aber plötzlich fällt ihm ein, dass Freitag ist. Er will Melissa daran erinnern, sich bloß nicht überreden zu lassen, ins *Florida* zu gehen, aber sie gibt ihm keine Gelegenheit. Schnell küsst sie ihn auf die Wange. »Ich ruf dich noch an«, und bevor Jan etwas sagen kann, ist sie weg.
Am liebsten würde Jan hinter ihr herfahren, aber er weiß auch, dass das lächerlich ist. Er muss ihr vertrauen. Melissa hat versprochen, heute Abend zu Hause zu bleiben. Was will er mehr? Jim hat wahrscheinlich Neuigkeiten von seinem Producer und Jan hofft, dass es gute sind. Jetzt, da Melissas Oma so krank ist, kann sie gute Nachrichten gebrauchen.
»Kommst du mit?«, fragt Kevin. »Oder bleibst du das Wochenende über hier stehen?«
»Schon gut, ich komme!« Jan verscheucht Jim aus seinen Gedanken.

Schwein gehabt: Jan hat noch einen Job bekommen, ohne sich groß anzustrengen. Im *Central* hat er Folkert getroffen, einen Freund von Timo. Der erzählte, dass im *Marionet* jemand für die Küche gesucht wird. Folkert hat da bis vor Kurzem jeden Samstagabend abgewaschen, von 19 bis 23 Uhr, ein halbes Jahr lang. Er hat gekündigt, weil er einen Job bei einer Tankstelle kriegen konnte.

Alle dachten dasselbe: Der Job im Restaurant ist etwas für Jan. Jeder weiß, dass er Geld braucht, denn die 15 Gulden pro Woche, die er bei de Raaf verdient, reichen nicht mal für sein Flugticket. Jan fühlte sich zuerst wie ein Spielverderber – sie wollten gerade eine Partie Billard anfangen. Aber seine Freunde haben auf ihn eingeredet und dann ist er gleich ins *Marionet* gefahren.

Das *Marionet* ist ein schickes Restaurant, aber leider ist der Chef, Herr Kromwijk, kein einfacher Mensch. »Du bist hier, um zu arbeiten, dass das klar ist!«, sagte er. »Und wenn du ein einziges Mal fehlst, fliegst du raus.«

Zum Glück hatte Folkert Jan vorgewarnt, denn wenn man erst einmal dort arbeitete, war Kromwijk gar nicht so übel. Jan hatte lieber verschwiegen, dass er keine Küchenerfahrung hatte, und erzählt, schon öfter als Geschirrspüler in einer Krankenhausküche gearbeitet zu haben. Das hatte den Ausschlag gegeben.

Nach dem Einstellungsgespräch war Jan sofort ins *Central* zurückgefahren, aber seine Freunde spielten gar nicht Billard. Sie hatten beschlossen, heute Abend ins Kino zu gehen, und sich um acht Uhr verabredet.

Fleur wollte Melissa anrufen und ihr Bescheid sagen, weil

sie sowieso noch mit ihr über die Hausarbeit sprechen musste.
Als Jan nach Hause kommt, ist sein Vater in Hochstimmung. Er hat noch nicht einmal etwas gegen Jans neuen Job einzuwenden. Jan bekommt einfach so einen Zehner fürs Kino, und als er während des Essens von Herrn de Leeuw erzählt, gibt sein Vater Kevin auch noch recht – unglaublich! Wo er doch sonst immer aufseiten der Lehrer ist!

Jan radelt los. Er ist gespannt, wie es bei Melissa gelaufen ist. Nicht mehr lange und er wird es hören. Sie haben sich extra früh verabredet, um noch in Ruhe eine Zigarette rauchen zu können. Der Vorschlag kam natürlich von Debby – sie ist der größte Paffer unter ihnen. Na ja, bis auf Timo vielleicht. Jan sieht auf die Uhr und stellt fest, dass er zu früh dran ist. Als er in die Eingangshalle des Kinos geht, hält er Ausschau nach den anderen, aber es ist natürlich noch niemand da. Oder doch? Bei der Garderobe stehen Debby und Timo – Timo prahlt gerade mit seinem neuen Ohrring. Debby fummelt mit ihren Fingern daran herum, und als sie den Ring loslässt, küsst sie Timo auf den Nacken. Jan traut seinen Augen nicht – spinnt die? Er glaubt zu träumen, das kann nicht wahr sein, aber als Debby ihn sieht, wird sie rot. Das ist der Beweis, denkt Jan, hier stimmt was nicht.
Er fühlt sich gar nicht wohl in seiner Haut und weiß nicht, wo er hinschauen soll, will aber auch nichts sagen. Zum Glück kommen in dem Moment Fleur und Kevin. Als Fleur Jan entdeckt, schlägt sie die Hand vor den Mund. »Ich hab total vergessen, Melissa anzurufen. Mann, bin ich blöd . . .«

Typisch Fleur, denkt Jan. Die vergisst immer was und jetzt, da sie verliebt ist, natürlich erst recht. Aber passiert ist passiert!
»Dann rufen wir sie doch jetzt an.« Jan zückt seine Telefonkarte und zusammen gehen sie zum Telefon in einer Ecke der Eingangshalle.
Frau de Raaf nimmt den Anruf entgegen.
»Hallo, hier ist Jan. Ich würde gerne Melissa sprechen.«
»Das geht leider nicht, Jan. Sie ist bei Fleur und wird dort auch schlafen. Uns ist das natürlich recht, jetzt wo es Oma so schlecht geht. Ruf doch bei Fleur an, die Nummer hast du ja.«
Jan hat das Gefühl, dass der Boden unter seinen Füßen zu schwanken beginnt. »Oh, äh, ja gut. Ich melde mich dann morgen wieder. Tschüss.« Als er den Hörer in die Gabel hängt, brüllt er laut: »Shit!«
»Was hat sie gesagt?«, fragt Kevin überrascht.
»Dass Melissa bei Fleur übernachtet.« Allen ist sofort klar, dass Melissa gelogen hat.
»So schlimm ist das nun auch nicht«, meint Kevin. »Wir schummeln doch alle mal. Vielleicht ist sie auf eine Party gegangen.«
»Sie ist auf keiner Party«, schreit Jan. »Sie ist im *Florida!* Sie ist doch gegangen!« Er schlägt mit der Faust gegen die Wand.

9.

Jan hätte es lieber verschwiegen, aber jetzt bleibt ihm nichts anderes übrig: Er muss erzählen, was mit Melissa los ist. Sonst kapieren die anderen nicht, warum er sich solche Sorgen macht. Außerdem ist es für ihn viel einfacher, wenn sie Bescheid wissen, und die Chance, zusammen etwas dagegen zu unternehmen, ist viel größer, als wenn er es alleine versucht.

Fleur ist total erschrocken. »Will Melissa wirklich Ecstasy nehmen? Das soll sie mal schön bleiben lassen. Ihr ist wohl nicht klar, wie gefährlich das ist und was das für Folgen hat.«

Kevin kann es auch kaum glauben: Dass Melissa so bescheuert ist, will nicht in seinen Kopf. Er ist echt besorgt, das merkt Jan sofort. Kevin macht noch nicht einmal einen Witz, und das will was heißen! Es ist lange her, dass Jan ihn so ernst gesehen hat. Er will alles tun, um Melissa zu helfen.

Debby reagiert ganz anders – sie wird sauer. Sie findet, Melissa macht sich lächerlich. »Eins ist klar: Meine Freundin ist sie nicht mehr!«

Jan wird wütend und hat große Lust, ihr eine zu scheuern. Was ist das für eine beknackte Reaktion – seine Freundin lässt man doch nicht einfach so fallen! Zum Glück ist sie die Einzige, die so denkt.

»Wenn Melissa selbst nicht merkt, was für einen Scheiß sie

da macht, dann müssen wir ihr auf die Sprünge helfen!«, findet Fleur. »Dafür hat man schließlich Freunde.«
Debby macht ein Gesicht, als ob Fleur sie nicht mehr alle hat.
»Es ist auch unsere Schuld!« Jan erinnert Debby daran, wie Melissa die Verabredung mit Rob Houtenbos absagen wollte, weil sie viel zu viel Angst hatte. Aber Debby versteht nicht, was das damit zu tun hat.
»Ach nein?«, fragt Jan. »Wer hat denn dafür gesorgt, dass sie hingegangen ist? Wir! Was waren wir stolz, dass Melissa bei einem Clip mitmachen soll. Du vielleicht nicht – aber wir schon! Wir haben Melissa überredet. Wenn wir das nicht getan hätten, wäre sie Jim nie begegnet.«
»Quatsch!« Debby drückt ihre Zigarette aus. »Wir haben ihr doch nicht gesagt, dass sie sich an den erstbesten Typen ranhängen soll. So was würde mir nicht passieren – der könnte sich verpissen mit seinem Ecstasy.«
»Du kapierst aber auch gar nichts! Melissa glaubt, dass Jim aus ihr eine berühmte Tänzerin machen wird. Und das bildet sie sich nicht bloß ein, das hat er ihr versprochen. Das ist der Grund! Aber wozu erkläre ich dir das alles – du schnallst ja doch nie was.«
»Ach nein? Als ob du so eine Intelligenzbestie wärst!«, kreischt Debby beleidigt.
Das Gespräch ist nicht mehr zu retten. Jan ist die Lust aufs Kino vergangen – schon gar nicht mit Debby!
Aber Kevin findet das pure Verschwendung. »Jetzt haben wir schon die Karten gekauft – das Geld hätte ich besser in mein BMX gesteckt.«

Fleur und Timo sind auch dafür, den Film anzuschauen.
»Was sollen wir denn sonst machen?«, überlegt Fleur. »Im *Central* rumhängen? Das hilft Melissa auch nicht weiter.«
»Wir könnten uns was überlegen«, meint Jan. »Ich weiß, wo die Disco ist.«
»Mann, bist du naiv!« Debby seufzt demonstrativ. »Wenn es im *Florida* richtig losgeht, müssen wir schon längst im Bettchen sein. Außerdem will ich mit der Sache nichts zu tun haben.«
»Nein, das ist auch nichts für dich. Dafür bist du noch zu klein«, kontert Jan.
»Aber du!« Debby lacht Jan aus. »Glaubst du im Ernst, die lassen dich da rein, mit dem Babyface?«
Es ist nur noch eine Frage von Sekunden und die beiden fallen übereinander her. Fleur geht lieber dazwischen. »Wir gehen wie geplant ins Kino. Abgemacht ist abgemacht.« Timo, Kevin und Debby stimmen ihr zu.
»Okay.« Jan beugt sich der Mehrheit. Vielleicht ist es genau das Richtige, sich ein bisschen ablenken zu lassen. Fleur hat recht: Im Moment können sie nichts für Melissa tun. Jan schlendert hinter seinen Freunden in den Kinosaal. Zum Glück sitzt er neben Fleur und nicht neben der bescheuerten Debby.
Immerhin ist er nicht der Einzige, der sich Sorgen macht. Als das Licht ausgeht, drückt ihm Fleur die Hand. »Mach dir keine Sorgen. Wir werden ihr schon die Augen öffnen, das schaffen wir.«
Gott sei Dank, denkt Jan. Er ist froh, dass er nicht mehr allein mit dem Problem fertig werden muss.

Es hilft nichts – egal, wie sehr sich Jan bemüht, er kann sich nicht auf den Film konzentrieren. Melissa darf kein Ecstasy nehmen, ist das Einzige, woran er denken kann. Er muss es verhindern. Was macht er noch in diesem Kino? Er muss ihr helfen. Noch kann er es tun, noch ist Zeit. Im *Florida* ist sie bestimmt noch nicht. Wo sie wohl gerade steckt? In einer Kneipe ist sie wahrscheinlich auch nicht. Dafür ist sie viel zu vorsichtig – schließlich könnte sie jemand sehen und dann wäre sie geliefert. Denn offiziell übernachtet sie bei Fleur. Außerdem hat sie sich noch nie mit diesem Jim in einer Kneipe getroffen. Sie sind jedes Mal bei ihm zu Hause gewesen. Das ist kein Problem, denn Jim hat eine ganze Wohnung für sich allein. Also ist sie jetzt wahrscheinlich auch in der Van-Hogendorp-Straße. Jan seufzt. Das hätte ihm auch früher einfallen können. Er könnte zu Melissa fahren und sie an ihr Versprechen erinnern. Sie hat ja selbst gesagt, dass sie mit ihm keinen Streit haben will. Er müsste sie unter Druck setzen.
Am besten sagt er an der Haustür nicht, weswegen er kommt. Darauf hat er nun wirklich keinen Bock, dass dieser Jim sie versteckt, nach dem Motto »Nein, Melissa ist nicht da. Tut mir leid«. Darauf wird er nicht reinfallen, dann würde er einfach reingehen. Er muss unbedingt zu Melissa, am liebsten würde er sofort aufstehen, aber erst will er seinen Plan Fleur erzählen. Jan sieht zur Seite und muss lachen.
Timo und Fleur wollten unbedingt diesen Film sehen, aber vermutlich haben sie bisher kaum etwas davon mitbekommen, sie küssen sich die ganze Zeit. Ab und zu sieht Jan zur Seite, aber die Knutscherei nimmt kein Ende. Er wird wohl bis zur Pause warten müssen.

Endlich geht das Licht an. Kevin hat die Küsserei auch mitgekriegt, er saß neben Timo. »Klasse Film, nicht wahr?«, sagt er, und als Timo und Fleur nicken, fragt er: »Wovon handelt er noch gleich?«
»Blödmann!« Fleur wird rot.
Als sie in die Halle gehen, um eine Zigarette zu rauchen, holt Jan seine Jacke. »Was hast du vor?«, fragt Kevin.
»Ihr könnt meinetwegen den Film zu Ende sehen, aber ich fahr zu diesem Jim und hol Melissa da raus.
»Du spinnst!«, sagt Debby. »Als ob Melissa so einfach mitgehen würde. Das schaffst du nie.«
»Doch, wenn wir auch mitgehen. Kommt!« Fleur zieht Timo zur Garderobe. »Melissa ist wichtiger als der Film.«
Kevin weiß nicht genau, was er machen soll. »Wir brechen also jetzt alle auf?«
»Nein, ich nicht und du auch nicht. Sonst muss ich hier ja ganz allein bleiben, und das willst du doch sicher nicht. Oder, Kevin?« Debby legt ihren Arm um seine Taille.
»Okay, ich bleibe bei Debby«, beschließt Kevin.
Jan ist sicher, dass es ihnen gelingen wird, Melissa zu überreden, um mit ihnen zu kommen. Dass Fleur und Timo dabei sind, ist wirklich toll! Während sie zu Jims Wohnung radeln, übt Fleur ihren Text: »Ich habe gehört, dass Melissa bei mir übernachtet. Ich will sie abholen. Meine Eltern warten unten.«
Eine brillante Idee, findet Jan – typisch Fleur! Melissa wird wohl oder übel mitkommen müssen; er ist erleichtert.
»Ist es noch weit?«, fragt Timo nach zehn Minuten. »Ich habe keinen blassen Schimmer, wo wir sind.«

Jan schüttelt den Kopf. Mag sein, dass Timo ein guter Schlagzeuger ist – sportlich ist er jedenfalls nicht, findet Jan. Na, das kann in den Sommerferien ja heiter werden, denn wenn man Kevin nicht bremst, wird er aus ihrer Reise ein sportliches Hochleistungstraining machen.
»Wir sind fast da«, antwortet Jan. »Siehst du dahinten den Platz? Da müssen wir rechts rein.«
»Nummer zwölf«, sagt er, als sie in die Van-Hogendorp-Straße einbiegen. »Melissas Rad müsste eigentlich davorstehen.« Er fährt auf den Bürgersteig. »Hier ist es.« Jan weiß genau, wo er klingeln muss – er braucht noch nicht mal auf das Namenschild zu schauen. Als er zum Baum sieht, zuckt er zusammen. Dort steht ein Fahrrad, aber es ist nicht Melissas.
»Ihr's steht noch in der Schule«, beruhigt ihn Fleur, die seinem Blick gefolgt ist. »Sie ist doch bei dem Knallkopp auf dem Roller mitgefahren.«
»Stimmt«, seufzt Jan beruhigt. »Die Klingel funktioniert wahrscheinlich nicht«, aber er probiert es trotzdem.
»In der Tat«, stellt Timo fest, als nicht geöffnet wird. »Wo ist denn die Wohnung?«
Jan zeigt nach oben. »Im dritten Stock, die großen Fenster.« Sie sehen hoch: Es brennt kein Licht.
»Sie müssen da sein.« Jan gibt nicht auf. »Wir klingeln bei den Nachbarn und gehen einfach nach oben.« Bevor die anderen etwas sagen können, hat er den Finger schon auf der Klingel. Die Tür springt auf. »Wer ist da?«, ruft eine Männerstimme vom oberen Treppenabsatz.
»Wir wollen zu Jim«, antwortet Jan, »aber seine Klingel ist kaputt.«

»Jim ist nicht mehr da«, ruft der Mann nach unten. »Die sind vor ein paar Minuten gegangen. Sie waren ein ganzer Haufen.«
»Vielen Dank.« Sie ziehen die Tür hinter sich zu und sehen sich ratlos an.
»Zu spät«, sagt Timo.
»Mist!« Jan ärgert sich, dass er bis zur Pause gewartet hat. »Warum bin ich nicht früher losgefahren.«
»Sollen wir ins Kino zurückfahren?«, fragt Fleur. »Dann können wir mit den anderen noch was trinken.« Dazu hat Jan absolut keine Lust. »Geht ihr ruhig, mir reicht's. Ich fahr nach Hause.« Er springt auf sein Fahrrad.

»Du bist aber früh dran«, sagt Jans Vater, als sein Sohn ins Wohnzimmer kommt.
»Ich habe Kopfschmerzen.« Jan geht gleich nach oben.
»Soll ich dir ein Aspirin holen?«, bietet seine Mutter an.
Bloß nicht, denkt Jan. »Nein, nicht nötig.«
Aber in seinem Zimmer findet er keine Ruhe. Er würde gerne mit seinen Eltern über alles reden, aber das wäre nicht klug. Sie würden es sicher Herrn und Frau de Raaf erzählen. Nicht weil sie Melissa verraten wollten, sondern weil sie finden, dass es ihre Pflicht ist. Melissas Vater hatte seine Eltern auch angerufen, als er dahintergekommen war, dass sie geraucht hatten. Jan erinnert sich noch genau daran, wie sauer Herr de Raaf war – als ob sie eine Stange pro Tag gepafft hätten. Dabei hatte jeder zwei Züge genommen, das war alles – und es hatte ihnen noch nicht einmal geschmeckt! Zum Glück hatten seine Eltern nicht so hysterisch reagiert.

Aber Ecstasy ist etwas anderes als ein paar Zigarettenzüge. Seine Eltern wären schockiert und Melissa würde ihm nie verzeihen, dass er sie verraten hat. Also hält er seinen Eltern gegenüber besser den Mund.

Jan überlegt, wo Melissa jetzt wohl stecken könnte. Fürs *Florida* ist es noch zu früh. Vielleicht sind sie bei Katy, aber die Adresse hat er nicht. Wenn er die wüsste – er würde sofort hinfahren. Er legt seine Lieblingsmusik auf, aber auch die kann ihn nicht ablenken. Von Minute zu Minute fühlt er sich schlechter. Jan legt sich aufs Bett. Er stellt sich vor, wie Melissa ins *Florida* geht. Wird sie sofort was einwerfen oder wartet sie erst mal? Und was ist, wenn sie die Pillen nicht verträgt? Es kann einem davon ganz schön dreckig gehen, hat er gelesen. Ihm wird ganz komisch im Bauch. Er darf sich gar nicht vorstellen, wie Melissa dasteht – ganz allein. Denn dieser Jim merkt bestimmt nichts, der ist vermutlich mit sich selbst beschäftigt – vollkommen high.

Jan springt auf und läuft unruhig hin und her. Das darf nicht passieren! Er darf Melissa nicht allein lassen. Stell dir vor, es geht schief! Das würde er sich nie verzeihen – schließlich hat er gewusst, was sie vorhat. Aber was kann er schon machen? Er könnte ins *Florida* fahren, aber wie soll er das anstellen? Seine Eltern würden ihm was husten. Die lassen ihn jetzt nicht noch mal weg, das ist sicher. Also muss er heimlich abhauen, wenn sie im Bett sind. Jan denkt nach. Geht das nicht zu weit? Erneut sieht er Melissa vor sich und trifft dann einen Entschluss: Ich fahre hin!

Jan lauscht oben an der Treppe, der Fernseher läuft noch. Seine Eltern werden frühestens in einer halben Stunde ins

Bett gehen. Aber da er jetzt weiß, was er tun wird, hält er die Warterei aus. Als seine CD zu Ende ist, hört er auch schon seine Eltern im Badezimmer. Kurz darauf wird die Schlafzimmertür geschlossen. Nach einer Viertelstunde ist es vollkommen ruhig im Haus. Trotzdem traut Jan sich noch nicht zu gehen. Er will auf Nummer sicher gehen, seine Eltern müssen wirklich schlafen.

10.

Mitten in der Nacht fährt Jan los. Er muss an seine Eltern denken, die jetzt friedlich schlafen. Wenn die wüssten, dass er mutterseelenallein hier entlangfährt. Ihm ist selbst nicht ganz wohl bei der Sache. Kein einziges Haus steht in dieser Gegend, nichts als Wald und Bäume weit und breit. Wenn er ein Auto hinter sich hört, spannt er die Muskeln an und umklammert den Lenker. Erst wenn es ihn überholt hat, entspannt er sich wieder. Jan fällt der Zeitungsartikel über den Jungen ein, der auf dieser Straße neulich vom Fahrrad gerissen und zusammengeschlagen wurde. In Philosophie hatten sie ausführlich über den Vorfall gesprochen, niemand aus ihrer Klasse konnte begreifen, warum der Junge dort alleine fuhr. Jan kapierte es auch nicht und jetzt fährt er selbst hier entlang. Würde er auf seine Angst hören – er hätte schon längst kehrtgemacht. Nur wegen Melissa fährt er weiter.

Erneut hört Jan ein Auto hinter sich. Bloß nicht umdrehen, denkt er. Man darf nicht zeigen, wenn man Angst hat. Er umklammert seinen Lenker und fährt tapfer weiter. Das Auto überholt ihn, hält aber plötzlich 30 Meter vor ihm bei einer Straßenlaterne an. Jans Herz schlägt wie wild.

Wenden, denkt Jan, aber gleichzeitig ist ihm klar, wie sinnlos das wäre. Wenn der Fahrer will, hat er ihn sofort wieder eingeholt. Jan hält die Luft an und fährt weiter. Als die Tür aufgeht, bleibt sein Herz fast stehen. Er fühlt in seiner Jackentasche das Schlüsselbund, seine einzige Waffe. Jan schätzt seine Chancen ein – am besten rennt er in den Wald. Er sieht, wie ein Mann aussteigt. Ein Schritt in seine Richtung und er knallt sein Fahrrad auf die Straße und sprintet in den Wald. Aber der Mann beachtet ihn gar nicht, geht um sein Auto herum und öffnet die Motorhaube. Erleichtert fährt Jan weiter.

Ein Höllentrip ist das! Jan ist selten so mulmig gewesen – und er muss dieselbe Strecke heute Nacht auch noch zurückfahren. Wahrscheinlich ist er dann aber nicht mehr allein, sondern hat Melissa auf dem Gepäckträger. Zu zweit ist es nicht so furchtbar still und mit Melissa schon gar nicht. Die redet an einem Stück. Plötzlich tritt er in die Bremse. Hat er sein Portemonnaie bei sich? Er wird sicher Eintritt bezahlen müssen. Jan fühlt an seiner Tasche. Alles in Ordnung, er hat es dabei. Mein Gott, wenn er noch mal zurückmüsste . . .

Geschafft! Jan atmet auf, als er die Lichter der Disco sieht. Man merkt sofort, dass das *Florida* nicht mehr weit ist, denn aus allen Richtungen kommen Mofas und Autos angefahren.

Jan schließt sein Fahrrad ab und schielt zum Eingang. Mit dem Türsteher, der gerade eine Gruppe Jungen filzt, kriegt man besser keinen Ärger. Aus einer Jackentasche zieht er ein Messer. Jan findet es gut, dass der Türsteher das Messer gleich einkassiert. Letztes Jahr zum Beispiel gab es hier eine Schlägerei und dabei wurde ein Junge erstochen. Jan hofft, dass er reingelassen wird. Wenn man sechzehn sein muss, hat er eine Chance, aber schon fällt sein Blick auf ein Schild über der Tür: *Zutritt ab 18 Jahren.* Wenn die sich daran halten, kann er's vergessen.

Zwei marokkanische Jungen gehen an ihm vorbei. Jan hat Abdoul und Hassan schon mal bei René gesehen, sie sind im Fußballverein von Renés Bruder. Zu spät fällt ihm ein, dass er sie hätte fragen können, ob sie ihn mit reinnehmen. Das hätten sie sicher gemacht. Mist – jetzt ist es zu spät, sie stehen schon an der Kasse. Abdoul zieht sein Portemonnaie he-raus, aber der Türsteher macht eine abwehrende Geste. »Es ist voll.«

Na super, denkt Jan. Dann kann ich es auch vergessen. Abdoul und Hassan gehen ein Stück zur Seite und warten darauf, dass jemand herauskommt. Scheinbar funktioniert es hier wie bei einem Parkhaus: So viele wie rauskommen, so viele werden auch wieder reingelassen. Schon kommt eine Gruppe Mädchen und Jungen an, die sicher auch warten müssen. Aber was ist das? Zuerst glaubt Jan, dass es Bekannte des Türstehers sind, aber als kurz darauf wieder zwei Jungen reingelassen werden, geht Jan ein Licht auf. Die Disco ist gar nicht voll – Abdoul und Hassan kommen nicht rein, weil sie Marokkaner sind. So eine Gemeinheit! Jan fällt Jawad ein, der neulich auch so etwas erzählt hat. Sie dachten, dass er übertreibt, aber jetzt hat Jan es mit eigenen Augen gesehen.

Jan sieht, wie Abdoul zum Türsteher geht. Er will mit ihm reden, aber der Türsteher unterbricht ihn: »Wenn du nicht freiwillig verschwindest, helf ich dir!«, droht er und schon hält er ein Handy in der Hand, um seine Kollegen zusammenzutrommeln. Abdoul schimpft unbeirrt weiter: Dass er hier schon so oft gewesen sei und jedes Mal war es angeblich voll. Hassan zieht ihn fort, er will keine Schlägerei. Jan ist stocksauer. Er hatte nicht geahnt, dass das *Florida* ein derart mieser Schuppen ist. Man sollte ihn boykottieren. Das haben sie bei einer Snackbar in der Nähe ihrer Schule auch getan. Der Typ ließ weiße Kunden immer vor. Kevin hat er einmal ewig warten lassen. Das hätte der Typ besser nicht getan. Sie haben die gesamte Schule gegen ihn aufgehetzt und seitdem sah man in der Snackbar kaum noch jemanden. Nach einer Weile musste der Laden dichtmachen. Selber schuld! So eine Aktion müsste man beim *Florida* auch starten. Aber wenn er Melissa sehen will, muss er da rein und seine Prinzipien für einen Moment beiseiteschieben. Gesetzt den Fall, dass er überhaupt reinkommt, denn für achtzehn hält ihn niemand, das kann er sich abschminken.

Jan sieht sich um. Da kommt jemand, der wie Fred aussieht – nein, es ist Fred, er ist Schülersprechervertreter. Seine Freundin ist auch dabei. Fred müsste sich eigentlich auch an ihn erinnern, denn erst neulich haben er und Kevin mit ihm über die Gründung eines Filmklubs gesprochen. Zuerst zögert Jan, aber dann gibt er sich einen Ruck und geht zu ihm.

»Hoi«, sagt er. »Könnt Ihr mich vielleicht mit reinnehmen?«

Fred will wahrscheinlich bei seiner Freundin Eindruck schinden. »Du hast hier gar nichts zu suchen, Kleiner. Du müsstest schon lange im Bett sein.« Aber als er weitergehen will, bleibt seine Freundin stehen.

»Stell dich nicht so an, wenn er doch reinwill! Gib mir ein-

fach das Geld«, sagt sie zu Jan, »dann organisiere ich das für dich.«
Jan zieht zehn Gulden aus seinem Portemonnaie. Zum Glück arbeitet er morgen im Restaurant, sonst wäre er nächste Woche schon wieder blank.
»Du bist keine 18!« Der Türsteher deutet auf Jan.
»Das ist mein Bruder«, sagt das Mädchen. »Wir passen auf ihn auf, okay?«
Der Türsteher hat nicht vor, sich auf diesen Deal einzulassen.
»Seine Freundin hat gerade mit ihm Schluss gemacht«, flüstert ihm das Mädchen zu. »Wir wollen ihn auf andere Gedanken bringen.« Jan hätte nie gedacht, dass das Augenzwinkern eines schönen Mädchens so viel bewirken kann. Der Türsteher ist wie ausgewechselt.
»Du hast wirklich eine nette Schwester.« Er schiebt Jan weiter. »Also gut, geh durch.«
»Danke«, sagt Jan, als sie drinnen sind. Das Mädchen sagt noch etwas zu ihm, aber er kann sie nicht verstehen, denn die Musik ist ohrenbetäubend laut.
»Schon gut«, schreit sie, winkt und geht zu ihrem Freund.
Jan schaut sich um und sieht ein paar surinamische Jungen, aber keine türkischen oder marokkanischen. So was Bekopptes! Sollten sie also später mal zusammen ins *Florida* wollen, kommt Jawad nicht rein. Bescheuert!
Wenn das *Florida* nicht rassistisch wäre, würde es Jan hier gefallen. Die Musik ist klasse und der Raum sieht abgefahren aus. In der Mitte ist die Bar und drum herum wird getanzt. Es ist proppevoll, wie soll er hier nur Melissa finden?

Die Scheinwerfer blitzen wie verrückt, und das macht die Suche nicht gerade einfach. Jan bahnt sich einen Weg durch die Menge, am Rand der Tanzfläche kommt er am besten durch. Er sieht auf die tanzende Menge. Die meisten haben ausgezogen, was geht. In seiner dicken Jacke kommt er sich ziemlich bescheuert vor. Erst jetzt merkt er, wie heiß es hier drinnen ist. Er zieht seine Jacke aus, aber das hilft nicht viel – Schweißperlen stehen auf seiner Stirn. Sieh einer an . . . Jan entdeckt Gusta an der Bar, sie wohnt in seiner Straße. Gusta ist auch nicht älter als er, aber sieht aus wie achtzehn und hat außerdem Freunde, die schon Auto fahren. Sie darf ihn auf keinen Fall sehen, denn ihre Mutter ist eine Quasselstrippe und wird seine Mutter bestimmt anquatschen: Nein, was ist der Jan groß geworden. Gestern Nacht war er im *Florida*. Wenn das rauskommt, ist er geliefert!

Als Gusta in seine Richtung sieht, duckt er sich schnell. Dabei stößt er aus Versehen ein Mädchen an. So toll war es eigentlich gar nicht, aber sie fällt beinah hin. Jan kann sie gerade noch festhalten.

»Entschuldige«, sagt er und glaubt, dass das Mädchen betrunken ist. Sie schlingt ihre Arme um seinen Hals.

»Sollen wir tanzen?«, fragt sie. Oh, bitte nicht, denkt Jan und sagt: »Ich warte auf meine Freundin.« Dabei befreit er sich aus ihren Armen. Bevor ihn das Mädchen erneut umarmen kann, geht er weiter. Als sich Jan umdreht, hat sie schon einen anderen Jungen gefunden.

Er hält nach Melissa Ausschau, aber nach der dritten Runde um die Tanzfläche verliert er die Hoffnung. So findet er Melissa nie. Wenn er doch nur jemanden kennen würde, den er fragen könnte. Jan lehnt sich an die Wand und starrt auf die Tanzfläche. Plötzlich zuckt er zusammen. Inmitten einer Gruppe tanzt ein Mädchen total ekstatisch. Sie hat ihr T-Shirt unter der Weste ausgezogen, ihre Haare sind klatschnass. Es ist Melissa. Jan erkennt sie fast nicht wieder. Sie sieht aus wie von einem anderen Stern.

Als er ihre Augen sieht, weiß er genug: Sie hat etwas geschluckt. Jan versteht sich selbst nicht mehr. Die ganze Zeit hatte er gedacht, er würde zu ihr rennen, sobald er sie findet, und sie mit nach Hause nehmen. Aber jetzt . . . Das ist nicht die Melissa, die er kennt, mit der er seit Jahren all seine Geheimnisse teilt. Er traut sich nicht einmal, sie anzusprechen. Sie würde ihn doch nicht erkennen. Und ihm ist schlagartig klar, dass sie nicht mitkommen würde. Sie wird stundenlang tanzen, bis die Pillen nicht mehr wirken.

Jan fühlt sich niedergeschlagen und traurig. Er muss an einen Albtraum denken, den er neulich hatte. Er irrte durch eine unbekannte Stadt, und als er endlich Melissa sah, hörte sie ihn nicht. Er wollte sie berühren, aber sie fühlte nichts. Jetzt scheint der Traum Wirklichkeit zu werden. Dass Melissa unerreichbar ist, macht Jan panisch. Um ihn herum beginnt sich alles zu drehen. Er schließt die Augen, die hellen Scheinwerfer blenden ihn. Er braucht eine Abkühlung.

Endlich hat er die Toiletten gefunden und hält seinen Kopf unter den Wasserhahn. Neben ihm steht ein Mädchen und sieht ihn verschwommen an.

»Wasser . . .«, murmelt sie. Sie ist erschreckend blass.

»Setz dich kurz hin«, sagt Jan, aber das hätte er sich sparen können. Das Mädchen sinkt von ganz allein zu Boden.

»Da *fadet* eine *out!«*, rufen ein paar Mädchen und Jungen, die gerade reinkommen, und beugen sich über sie, andere holen Hilfe. Jan betrachtet das Mädchen, das ihn todkrank anstarrt. In Gedanken sieht er nicht sie am Boden liegen, sondern Melissa. Jetzt wird es ihm zu viel. Ich muss hier raus, denkt er. So schnell er kann, bahnt er sich einen Weg zum Ausgang.

Draußen holt er ein paar Mal tief Luft. Sobald er sich besser fühlt, schnappt er sich sein Rad und fährt los. Die dunkle Strecke jagt ihm jetzt keine Angst mehr ein. Abdoul und Hassan; das Mädchen auf dem Boden – das ist beängstigend!

11.

Am Frühstückstisch hätte sich Jan fast verplappert, denn beinah hätte er von Abdoul und Hassan erzählt. Zum Glück hat er sich im letzten Moment auf die Zunge gebissen. Das wäre wirklich zu blöd gewesen: Gestern Nacht ist alles perfekt gelaufen, seine Eltern haben nichts von seinem Ausflug gemerkt und dann passiert ihm beinah so ein bekloppter Fehler. Andererseits auch kein Wunder, denn Jan hatte kaum geschlafen. Als er endlich im Bett lag, schwirrten ihm alle Erlebnisse der Nacht kreuz und quer durch den Kopf. Eine Zeit lang hatte er seinen Walkman aufgesetzt, aber das hatte auch nicht geholfen. Im Gegenteil. Er wurde furchtbar wütend auf Jim, weil der Melissa Ecstasy gegeben hatte. Eins ist klar: Er muss Melissa von Jim fernhalten. Nur wie? Vielleicht hat Fleur eine Idee, der fällt normalerweise immer was ein.

Jan betrachtet seinen leeren Teller, die Croissants sind schon alle. Schade, er hat sie kaum geschmeckt, weil er in Gedanken ganz woanders war. Er steht auf und geht nach oben. Um Fleur anzurufen, ist es noch zu früh. Als er in seinem Zimmer ist, sieht er in den Spiegel. Seine Mutter hat recht: Sehr frisch sieht er nicht aus. Sie hatte sich besorgt erkundigt, ob er noch immer Kopfschmerzen habe. Diese Ausrede von gestern Abend hatte er fast schon wieder vergessen. Er ist es nicht gewohnt, seine Eltern anzulügen. Me-

lissa wird sich vermutlich auch nicht besonders fühlen, wenn sie heute Vormittag nach Hause kommt. Sie wird eine ganze Menge erfinden müssen, wie es bei Fleur war, denn ihre Mutter will immer alles ganz genau wissen.
Wo Melissa wohl gestern Nacht geschlafen hat? Das *Florida* schließt um vier. Wahrscheinlich ruft sie an, um ihm alles zu beichten. Es tut ihr sicher leid, dass sie ihr Versprechen gebrochen hat.
Jan kommt aus dem Gähnen nicht heraus. Das kann ja heute Abend heiter werden, da arbeitet er zum ersten Mal im Restaurant. Und jetzt muss er sich unbedingt an den Schreibtisch setzen. Montag schreiben sie einen Deutschtest und er muss noch so viele Vokabeln lernen – die kriegt er nie in seinen Schädel.
Jan schlägt sein Buch auf. Gratuliere! Frau Zuurbier hat ihnen zehn Seiten zu lernen aufgegeben. Die Wörter ähneln sich alle so. Melissa hat's gut, die sitzt neben Angelique, die ein super Gedächtnis hat. Die muss beinah nie Vokabeln lernen und kann alles vorsagen.
Mädchen haben es beim Schummeln viel leichter als Jungen! In Englisch haben neulich Fleur und Debby ihre Oberschenkel als Spickzettel benutzt und Herr Dolleman traute sich tatsächlich nicht, sie aufzufordern, ihren Rock hochzuschieben. Kevin und er hatten nur drei Wörter in die Hand geschrieben und bekamen sofort eine Sechs.
Jan sieht von seinem Buch auf. Hat es geklingelt?
Er hört seine Mutter sagen: »Du bist ja früh dran.« Jan denkt, dass es Kevin ist, der mit ihm auf die Skateboardbahn will. Er steckt den Kopf aus dem Fenster, sieht draußen aber

kein BMX-Rad stehen. Als er die Tür seines Zimmers öffnet, kommt Melissa gerade die Treppe hoch. Echt, Melissa, die Pillen tun dir wirklich gut, denkt er verbittert. Verglichen mit ihr, sieht er super aus.

Melissa fällt gleich mit der Tür ins Haus. »Ich wollte fragen, ob du mit meinen Eltern gesprochen hast?« Jan nickt.

»Du hast doch nichts gesagt?« Als er den Kopf schüttelt, plumpst sie erleichtert auf sein Bett.

»Du musst ganz schön müde sein«, sagt er, aber Melissa hört ihn gar nicht.

»Du hast dich sicher gefragt, wo ich war?«, sagt sie vorsichtig. Jan wird langsam sauer. Etwas anderes fällt ihr dazu nicht ein? Er hatte erwartet, dass sie wenigstens »Sorry« sagt.

»Du warst im *Florida«,* sagt er.

»Wie kommst du denn darauf? Ich hatte doch versprochen, nicht hinzugehen.«

Sie lügt ihm mitten ins Gesicht, sie wagt es. Jetzt ist er stocksauer. »Natürlich bist du da gewesen!« Jan sieht Melissa direkt in die Augen.

»Was jetzt!« Melissa springt auf. »Ich weiß wohl am besten wo ich war. Wir waren bei Katy.«

Sie klingt so überzeugt, dass Jan für einen Moment unsicher wird. Hat er sie wirklich gesehen? War es jemand anderes? Aber er ist sicher – sie war's.

»Du warst im *Florida!* Ich war nämlich auch da und habe dich tanzen gesehen. Da staunst du, was?«

»So?« Melissa glaubt, dass Jan sie in eine Falle locken will. »Du behauptest also, dass du gestern Nacht im Florida warst? Und das soll ich glauben? Was hatte ich denn an?«

Jan sieht Melissa wieder vor sich: Ihre Haare waren klatschnass und sie trug eine rote Weste. Die muss sie sich von Katy geliehen haben, denn jetzt trägt sie etwas anderes.
»Da siehst du alt aus, was?«, triumphiert Melissa. »Jetzt weißt du nicht, was du sagen sollst!«
»Ach nein?« Jan wirft ihr einen wütenden Blick zu. »Du hast so was Komisches angehabt, irgend so eine rote Weste.«
Er sieht den Schreck in ihren Augen. Sie zieht verzweifelt an seinem Arm.
»Sag, dass es nicht wahr ist. Du warst nicht da. Sag, dass du nicht da warst!« Jan bekommt beinah Mitleid mit ihr. »Sag schon . . .«
Aber Jan kann nichts sagen und schluckt seine Tränen runter. »Lass mich los, Melissa«, sagt er heiser. »Hau ab.«
Melissa nimmt seine Hand. »Ich will nicht, dass du traurig bist. Ich möchte dir nicht wehtun . . .« Sie beginnt zu weinen. »Ich schäme mich so für das, was ich getan habe. Ich schäme mich vor dir und vor meinen Eltern. Ich versteh, dass du sauer bist, aber erzähl bitte meinen Eltern nichts. Sie haben es gerade eh schon so schwer wegen Oma. Jan, bitte – ich werde nie wieder Ecstasy nehmen. Dann werde ich eben keine Tänzerin! Ich schwör's dir, ich nehme es nicht mehr.«
Jan spürt Melissas Hand in seiner. Als er ihr in die Augen sieht, merkt er, wie viel sie ihm bedeutet – nicht die Melissa, die lügt, sondern die Melissa, die er so gut kennt, der er seit Jahren vertraut. Warum, warum nur hat sich plötzlich alles geändert? Das darf nicht geschehen, er darf nicht zulassen, dass ihre Freundschaft zerstört wird. Er muss etwas

tun, jetzt, da es noch geht. Und auf einmal weiß er, wie er Melissa von Jim fernhalten kann. »Ich muss es aber deinen Eltern sagen. Ich kann doch nicht zusehen, wie dieser Jim dich kaputtmacht.«
»Jan, hör mir zu.« Melissa fleht ihn beinah an. »Wenn ich schwöre, dass ich Jim nie wiedersehe, sagst du dann nichts?«
Es wirkt, denkt Jan, aber er ist noch nicht zufrieden. »Das sagst du jetzt, Melissa, und morgen denkst du anders darüber.«
»Ich meine, was ich sage!« Melissa hält zwei Finger schwörend in die Höhe.
»Okay«, sagt Jan, »ich halte meinen Mund, aber dann gehst du jetzt gleich los und sagst es ihm.«
»Das geht nicht. Ich muss erst nach Hause, sonst macht sich meine Mutter Sorgen und ruft bei Fleur an. Und ich muss mich waschen. Die Dusche bei Katy war kaputt. Riech mal an meinen Haaren und den Klamotten, stinkt alles nach Rauch.«
Jan ist einverstanden. »Ich komm heute Nachmittag sowieso zu euch, um das Auto zu waschen. Dann können wir danach zu Jim fahren.«
»Wir?«, fragt Melissa.
Jan nickt. »Was glaubst du denn – dass ich dich allein gehen lasse? Nein, Melissa, ich komme mit.«

Als Melissa geht, hat Jan ein gutes Gefühl. Zwar hat er seine Eltern hintergangen, aber es ist nicht umsonst gewesen. Wenn er Melissa letzte Nacht nicht mit eigenen Augen gesehen hätte, er hätte ihr sicher ihre Story abgekauft und dann wäre es noch wochenlang so weitergegangen – vielleicht sogar monatelang.

Jan ist froh, dass es vorbei ist. Jetzt ist Melissa wieder ganz einfach seine Freundin, ohne diesen beknackten Jim. Als er Fleur und Kevin anrief und ihnen alles erzählte, gaben sie ihm recht. Debby hatte er nicht angerufen, die hört es sowieso von Fleur. Außerdem wird Debby nie eine richtige Freundin werden. Melissa hat er lieber nicht erzählt, wie Debby gestern Abend reagiert hatte. Schließlich wollen sie noch zusammen auf die Tour fahren.

Fleur und Kevin waren über die Geschichte mit Abdoul und Hassan geschockt. Jan ist es immer peinlich, solche Sachen mit Kevin zu besprechen. Schließlich ist er auch dunkelhäutig. Fleur findet, Jan müsse es am Montag in der Schule erzählen. Natürlich nicht in der Deutschstunde, sondern in Niederländisch. Annelies Melgers kann es nicht ausstehen, wenn jemand eine rassistische Bemerkung macht. Linda hatte zum Beispiel letzte Woche, als Surinam das Thema war, mit einem surinamischen Akzent gesprochen. Sie dachte, dass sie witzig sei. Aber das ging nach hinten los, vor allem bei Annelies. Es ist so ziemlich das einzige Mal, dass Jan seine Lehrerin wütend erlebt hat.

Er ist froh, dass an seiner Schule viel über Rassismus gesprochen wird. Letztes Jahr hatten sie mit allen Klassen der Orientierungsstufe ein Projekt zu diesem Thema. *Rassismus: Bei uns nicht!*, hieß es. Es ging weniger um die Opfer von Diskriminierung, als vielmehr darum, was man dagegen tun kann. Einen Moment zögert Jan noch. Wäre es klug, Anne-

lies gegenüber zu erwähnen, dass er im *Florida* gewesen ist? Aber Annelies kann er vertrauen, die wird nicht gleich losmeckern.
Mit Fleur scheint irgendetwas nicht zu stimmen. Sie klang irgendwie traurig am Telefon. Das wird er wahrscheinlich gleich zu hören kriegen, wenn er sie sieht, denn Fleur hält nie lange mit etwas hinter dem Berg. Sie haben sich in der Einkaufsstraße verabredet. Jeder will eine CD kaufen. Jan möchte Melissa überraschen. Nachdem sie bei Jim gewesen sind, will er ihr eine Single schenken, die sie sich schon lange wünscht. Das soll so eine Art Trostpflaster sein, denn den Clip kann sie sich ohne Jim wahrscheinlich abschminken.

Kurz darauf rast Jan durch die Stadt – er ist mal wieder zu spät losgefahren. Zum Glück sind die Straßen leer, wie beinah jeden Samstagmorgen. Als er am Treffpunkt ankommt, ist Fleur schon da. Jan wundert sich, sie sieht schlecht aus.
»Weißt du, für wen ich die CD kaufen will?«, fragt sie, als sie auf einer Rolltreppe stehen.
»Für Timo!«
»Falsch, für mich. Ich muss mich selbst aufmuntern.«
»Warum? Bist du traurig? Es ist doch nicht aus zwischen euch?« Das kann sich Jan nicht vorstellen, gestern Abend schien es noch der reinste Honeymoon zu sein.
»Vielleicht . . .« Fleur geht in die dritte Etage. Jan kann die Musikabteilung schon sehen.
»Heute wollten wir eigentlich nach Amsterdam fahren«, erzählt sie. »Zum *Waterlooplein,* da gibt's diese tollen Rucksä-

cke, aber Timo hat heute früh abgesagt. Er fühle sich nicht besonders und wollte auch nicht, dass ich vorbeikomme.«

So schlimm ist das nun auch wieder nicht, meint Jan. »Ich würde es auch nicht toll finden, wenn ich mit meiner kranken Birne im Bett läge und meine Liebste stünde vor mir.«

Fleur schüttelt den Kopf. »Darum geht's nicht. Ich hab später von Debby gehört, was dahintersteckt: Er findet mich nicht mehr interessant genug.« Fleur versucht, sich nichts anmerken zu lassen und cool zu bleiben, aber Jan spürt genau, wie schwer ihr das fällt.

»Woher weiß Debby das denn?«

»Gestern Abend ist sie noch ein Stück mit Timo zusammen gefahren.«

»Dann musst du mit ihm reden.«

»Ich trau mich nicht.«

»Quatsch! Timo ist in Ordnung, der schmeißt dich nicht einfach raus, wenn du zu ihm gehst.«

»Das weiß ich auch, aber ich hab Angst, dass er Schluss macht. Ich sorge lieber dafür, dass unsere Beziehung wieder aufregend wird. Hier müsste sie sein.« Fleur zieht Jan zu einem CD-Ständer.

»Vielleicht ist Timo sauer, weil er aus dem Kino musste. Du hast ihn überhaupt nicht gefragt, sondern einfach mitgeschleift«, sagt Jan.

»Stimmt, daran hab ich noch gar nicht gedacht. Gott sei Dank habe ich ihn nicht sofort angerufen und Schluss gemacht.«

»Was soll denn der Quatsch?«

»Debby fand, dass ich es tun müsste. Ob ich denn keinen Stolz hätte, hat sie mich gefragt.«

Schon wieder Debby, denkt Jan. So eine blöde Bemerkung. Aber er sagt lieber nichts dazu. »Ich glaub, dass sich wieder alles einrenkt. Wetten?«

»Ich glaub's auch«, meint Fleur. »Jetzt, wo du das mit dem Film gesagt hast, geht's mir schon besser.« Fleur zeigt Jan die CD. »Sieben fünfzig, nicht schlecht, oder?!«

»Die kauf ich für Melissa«, meint Jan.

Fleur lacht. »Und du willst behaupten, dass du nicht in sie verliebt bist?«

Jan wird rot. Fängt Fleur jetzt auch noch an?

»Sollen wir noch ein bisschen rumgucken?«, fragt Fleur, die ihre gute Laune wiedergefunden zu haben scheint.

»Ich muss los. Ich muss noch das Auto von Melissas Vater waschen. Bei dem zählt Pünktlichkeit – wenn ich zu spät komme, bin ich meinen Job los.«

»Ich bleib noch ein bisschen.«

»Wir telefonieren«, sagt Jan und geht zur Rolltreppe.

Auf dem Rückweg denkt er über das Gespräch nach. Ganz schön feige von Timo, wenn er Debby als Mittlerin benutzt. Jan überquert eine Gracht. Vor der Ampel steht Debby. Als er sie rufen will, springt die Ampel auf Grün und sie fährt los. Dann biegt sie nach rechts ab. Jan sieht ihr hinterher. Die fährt doch in die Vondelstraße, oder? Da wohnt Timo. Was will sie denn da? Jan ist zwar nicht wohl bei dem Gedanken, ihr hinterherzuspionieren, aber er muss wissen, ob seine Vermutung stimmt.

Ein paar Häuser weiter hält Debby an und klingelt an Timos Haustür. Jan weiß genug und fährt weiter. Plötzlich erinnert er sich an den Kuss, den er im Kino beobachtet hat. Versucht Debby etwa, zwischen Fleur und Timo zu kommen? Unmöglich – die beiden sind schließlich Freundinnen! Und außerdem: Warum sollte Debby nicht zu Timo fahren dürfen? Dass sie ihn küsst, ist auch nicht so verwunderlich, schließlich gibt er Melissa ja auch schon mal einen Kuss. Wenn man befreundet ist, ist das doch ganz normal.

Jan muss an heute Morgen denken, als Melissa seine Hand hielt, da wurde ihm plötzlich ganz warm. Ist das wirklich nur Freundschaft oder hat Fleur tatsächlich recht?

Als er sein Rad bei de Raafs an den Zaun lehnt, beugt sich Melissa aus dem Fenster.

»Hallo, Darling!«

Wie bitte? Hat sie »Darling« gesagt? Jan wird rot. Vor lauter Freude würde er am liebsten sein Rad in die Luft schmeißen. Nein, Jan de Waard, denkt er, das ist nicht nur Freundschaft, die du für Melissa empfindest.

12.

Ich fang schon mal mit den Deutschvokabeln an«, sagt Melissa, als Jan das Auto zu waschen beginnt.
Sie scheint es ernst zu meinen, denn sie kommt kein einziges Mal zurück. Einen Vorteil hat's: Ohne Melissas Gerede kommt er schneller voran und in weniger als einer Stunde funkelt der Wagen blitzblank in der Sonne.
»Was sagst du dazu? Selbst verdient!« Mit dem Geld in der Hand kommt Jan in Melissas Zimmer. Aber Melissa sitzt nicht an ihrem Schreibtisch, sondern liegt auf dem Bett und schläft. Er will sie wecken, denn ihre Verabredung, zu Jim zu fahren, ist ihm wichtig. Als er den CD-Spieler einschalten will, kommt Melissas Mutter herein.
»Lass sie lieber. Die Mädchen haben natürlich die halbe Nacht gequatscht. So ist es jedes Mal. Wenn Fleur bei uns übernachtet, machen sie auch kein Auge zu.«
Dann müssen wir halt morgen zu Jim, denkt Jan. Ich behalt meine CD besser noch. Und er steigt aufs Fahrrad.
Eine Viertelstunde später ist er zu Hause. Eigentlich passt es ihm ganz gut in den Kram, dass ihre Verabredung nicht geklappt hat. Sein Opa hat ihm ein paar Münzen geschickt und er will gerne herauskriegen, wie alt sie sind und woher sie stammen.
»Fleur hat angerufen«, sagt seine Mutter, als er hereinkommt.

»Fleur?« Jan ist überrascht. »Ich hab sie heute Morgen doch noch gesehen.« Na, klar! Wahrscheinlich will sie wissen, wie Melissa die CD fand.

Jan nimmt das Telefon mit nach oben. Er hört sofort an ihrer Stimme, dass etwas nicht stimmt. Schluchzend erzählt sie ihm, dass Timo Debby gefragt hat, ob sie mit ihm gehen will. Debby hat Nein gesagt, obwohl sie zugibt, auch in Timo verliebt zu sein.

Aber sie fand, dass sie darauf wegen Fleur nicht eingehen durfte. Das hätte Jan nicht erwartet: volle Punktzahl für Debby. Er muss zugeben, dass er sie falsch eingeschätzt hat, aber das hilft Fleur auch nicht weiter. Sie ist todtraurig und hört nicht auf zu weinen. Jan weiß nicht, was er sagen soll. Er hat immer Mühe damit, wenn jemand am anderen Ende der Leitung weint. Dann steht man hilflos da, mit dem Hörer in der Hand, und kann nichts tun. Er kann sowieso nicht verstehen, wie man seine Probleme am Telefon besprechen kann. Mädchen scheint das nichts auszumachen; Melissa macht das auch immer.

»Weißt du, was du jetzt machst, Fleur? Du steigst aufs Rad und fährst ins *Central*. Und da treffen wir uns dann. Bis gleich.« Jan legt schnell auf, bevor Fleur mit all ihren Bedenken ankommt. Er ist sicher, dass es Fleur guttun wird, kurz rauszukommen. Ihm jedenfalls geht es immer so. Wenn man an einem Problem knackt und in seinem Zimmer bleibt, wird es immer größer, bis man zum Schluss denkt, dass es keinen Ausweg gibt. Aber wenn man stattdessen etwas Nettes macht, ist es plötzlich gar nicht mehr so schlimm.

Jan sieht sich die fünfzehn Gulden an, die er gerade verdient hat. Zum Glück hat er noch einen zweiten Job, sonst würde er von seinem Geld nichts sparen können. Im *Central* ist man locker fünf Gulden los und dann hat man erst zwei Cola getrunken.
»Bis später«, ruft er seiner Mutter zu und er ist weg.

Als Jan wenig später vorm *Central* ankommt, sieht er Fleur schon in einer Ecke am Fenster sitzen. Sie sieht sehr traurig aus, ihre Augen sind vom Weinen ganz rot.
»Ich lad dich ein!«, sagt Jan zur Begrüßung und gibt ihr einen Kuss auf die Wange. »Geht's wieder?«
Auweia, denkt Jan, denn sofort laufen die Tränen über Fleurs Wangen, dabei haben sie noch nicht einmal miteinander gesprochen.
»Zwei Cola«, sagt Jan, als er an der Bar steht. Er sieht sich um und wünscht, er würde einen hübschen Jungen entdecken, in den sich Fleur auf der Stelle verlieben würde. Aber so läuft das nicht, das weiß er auch. Sie ist nun mal in Timo verliebt.
Jan stellt die Gläser auf den Tisch. »Und das hat er alles hinter deinem Rücken abgezogen?«
Fleur beißt sich auf die Lippe.
»Wirklich toll!«, meint Jan. »Wenn Debby Ja gesagt hätte, hättest du dich verkrümeln können oder wie hat er sich das vorgestellt?« Er wird wütend. Was bildet sich der Typ eigentlich ein? Fleur so mies zu behandeln! Er sagt besser nicht, was er denkt, denn Fleur ist noch viel zu verliebt. Damit würde er ihr nur wehtun.

»Geht's?« Jan nimmt Fleurs Hand.
Sie wischt die Tränen weg und lacht plötzlich los. »Bescheuert was? Ich kann immer nur weinen. Sehr gemütlich, nicht wahr?«
»Wir machen noch was Schönes, okay?« Jan schüttet sein Portemonnaie aus. Ein Haufen Münzen rollt über den Tisch. »Du darfst sagen, was wir machen sollen, ich bezahl. Ich bin ja jetzt reich, heute Abend schaff ich wieder an.« Jan findet sich selbst zwar ein bisschen großspurig, aber auf jeden Fall zeigt es Wirkung. Die alte Fleur kommt schon wieder durch. »Was reg ich mich eigentlich auf? Ich habe schließlich dich und Debby und Kevin und Melissa.« Fleur versucht, sich aufzurappeln – dass es ihr nicht leicht fällt, merkt Jan sofort. Sie trinkt einen Schluck von ihrer Cola und stellt das Glas mit einem Knall auf den Tisch. »Ich mache Schluss mit ihm. Schade, aber anscheinend habe ich mich in ihm getäuscht.«
»Er ist ein *Loser!«*, meint Jan.
»Ein *Sucker!«*, kontert Fleur. »Ein . . .«, und schon geht's schief. »Er ist überhaupt kein *Sucker«*, sagt sie schluchzend. »Er ist ein Schatz. Weißt du, wie er mich nennt? Seine Prinzessin.«
Sieh an, denkt Jan. Sehr romantisch! Und hinter dem Rücken seiner Prinzessin eine andere anbaggern.
»Was willst du machen? Gehst du zu ihm und machst Schluss?«
Fleur schüttelt den Kopf. »Spinnst du? Ihm was vorheulen? Das hätte er sicher gern.«
»Warum schreibst du ihm nicht?«, fragt Jan. »Ich bring den Brief für dich hin.«

»Ist das nicht feige?«, fragt Fleur.
»Feige?« Jan schlägt sich vor die Stirn. »Mensch, Fleur, wer ist denn hier feige? Jemand, der dich derart hintergeht, dem bist du noch nicht mal eine Erklärung schuldig. Und tschüss! Drei Worte: *Es ist aus.*«
»Ganz schön hart . . .«
Jan seufzt. Typisch Fleur. »Hast du was zum Schreiben bei dir?«
»Ja«, sagt Fleur. »Einen Stift, aber keinen Zettel.«
»Schreib hierauf.« Jan schiebt ihr einen Bierdeckel zu. »Leg los.«
Fleur braucht nicht lange nachzudenken und kurz darauf legt sie den Stift hin.
»So, soll ich vorlesen? Hallo, Timo . . .«, liest sie tapfer, aber sie hat seinen Namen noch nicht ausgesprochen und schon laufen ihr die Tränen übers Gesicht.
»Zeig mal.« Jan nimmt den Bierdeckel und liest, was Fleur geschrieben hat. Sie trifft voll ins Schwarze.
Ich finde es schrecklich, steht da, *aber ich mache trotzdem Schluss. Geh ruhig mit Debby.*
Timo ist wirklich ein Idiot, wenn er sie gehen lässt. Wer wird so blöd sein, ein derart tolles Mädchen gegen Debby einzutauschen? Vielleicht ist die nicht so hinterhältig, wie er dachte, aber auf Debby würde er nie stehen.
»Klar und deutlich!«, sagt Jan und steckt den Bierdeckel in seine Jackentasche.
»Möchtest du noch eine Cola?«
»Nein, ich hau ab. Fährst du gleich zu Timo?« Typisch, Fleur! Jetzt, da sie sich entschieden hat, muss sofort die Tat folgen.

Kein schöner Job, denkt Jan, als er wenig später in die Vondelstraße biegt. Aber was tut man nicht alles für eine Freundin. Er parkt sein Fahrrad vor Timos Haus und geht zur Tür. Als er den Bierdeckel schon in der Hand hat, findet er es auf einmal gar keine gute Idee mehr, ihn in den Briefkasten zu stecken. Vielleicht wirft seine Mutter das Ding weg, dann hat Timo keine Ahnung, was los ist. Es ist besser, Timo die Nachricht direkt zu geben. Jan drückt auf die Klingel.
Ein Mädchen öffnet.
»Ist Timo zu Hause?«, fragt er.
Das Mädchen läuft zur Treppe. »Timo«, ruft sie nach oben. »Da ist Besuch für dich.«
Jan hört eine Tür und dann kommt Timo nach unten. Er sieht nicht besonders gut gelaunt aus. Sicher ärgert er sich, weil Debby ihm einen Korb gegeben hat.
»Ich wollte was abgeben. Bitte, das ist von Fleur.« Jan hat keine Lust, Timos Reaktion abzuwarten. »Dann geh ich mal wieder.«
Und bevor Timo eine Chance hat, etwas zu lesen, dreht er sich um. »Bis Montag!«
Komisch, denkt Jan, als er nach Hause fährt. Im *Central* war ich stocksauer auf Timo. Aber wenn ich ihn sehe, finde ich ihn doch wieder ganz nett. Er kann sich einfach nicht vorstellen, dass Timo so was tut. Na ja, er hätte auch nie gedacht, dass Melissa Ecstasy nehmen würde.

Jan findet, dass er wirklich viel für seine Reise nach Kreta tut. Todmüde steigt er abends um elf auf sein Rad. Dass in einer Restaurantküche so schwer gearbeitet wird, hätte er nicht gedacht. Aber es gab noch mehr, womit er nicht gerechnet hätte: Dass der Koch mit der Zigarette im Mund über den Töpfen und Pfannen steht und dass ein Beefsteak, das auf den Boden gefallen ist, wieder auf den Teller zurückgelegt wird. Und das alles in einem so teuren Restaurant! So schnell er kann, fährt Jan nach Hause. Er hat mit seinem Vater vereinbart, den Spätfilm anzusehen. Wenn er früh genug da ist, können sie vorher noch Schach spielen.

»Schaffen wir noch eine Partie?«, fragt Jan gleich, als er reinkommt.

»Aber sicher.« Sein Vater hat das Spiel schon aufgebaut.

»Wie war es im Restaurant?«, fragt seine Mutter.

»Ging so.« Jan hat keine Zeit zu plaudern. Er muss sich eine Antwort auf den genialen Eröffnungszug seines Vaters ausdenken. Für ihn ist es eine Herausforderung, mit seinem Vater zu spielen, der ist sehr gut und spielt sogar im Schachverein. Regelmäßig kommt er mit einem Preis nach Hause. So ein Ass ist Jan natürlich nicht, aber er findet Schach ein tolles Spiel.

»Wollt ihr wirklich noch auf den Film warten?«, fragt Jans Mutter nach einer Weile und schließt ihr Buch. »Ich gehe schlafen, mir fallen die Augen zu.«

»Uns bekommst du nicht ins Bett«, sagt Jans Vater. »Diesen Streifen lassen wir uns nicht entgehen.«

»Ihr könnt ihn doch aufnehmen? Ist dir klar, wie lang der dauert?«

»Wir schlafen morgen aus. Geh ruhig ins Bett. Gute Nacht.«

»Du wirst es bereuen«, wirft Jan ein. »Du weißt nicht, was du verpasst!«

Seine Mutter verzieht das Gesicht, als hätte sie in eine Zitrone gebissen. »Horrorfilme sind nicht mein Fall.« Sie hat das Zimmer noch nicht ganz verlassen, als Jans Vater sein Pferd zieht. »Matt«, sagt er.

Jan denkt erst, er mache einen Scherz, aber es stimmt. Sein König sitzt fest.

»Du hast es mal wieder geschafft«, sagt Jan. »Aber eines Tages werde ich dich besiegen.«

Sein Vater packt grinsend die Figuren ein. »Ist dir klar, dass es schon zehn vor zwölf ist?«

»Logo«, antwortet Jan. »Deswegen habe ich dich auch gewinnen lassen. Ich will keine Sekunde verpassen«, und er stellt den Fernseher an.

»Werd nicht frech!« Sein Vater haut ihm die Fernsehzeitung auf den Kopf. »So, ich sitze!«, und er rekelt sich auf dem Sofa.

»Willst du was trinken?«, fragt Jan.

»Für mich bitte ein Bier!«

»Darf ich auch eins?«

Die Antwort kommt nur zögernd, denn sein Vater möchte nicht, dass Jan trinkt. Aber jetzt ist natürlich eine besondere Situation, so zu zweit. »Also gut!«

»Super!« So schnell hat Jan noch nie zwei Gläser organisiert.

Mitten im Film kommt Jans Mutter ins Zimmer. »Hört ihr denn nichts?«

»Was sollen wir hören?«, fragt sein Vater.

»Es klingelt.« Jans Mutter zieht sich den Morgenmantel an.

»Merkwürdig! Wer kann das sein?« Sein Vater sieht auf die Uhr. »Es ist halb zwei.«

»Vielleicht ein fanatischer Zeuge Jehovas«, witzelt Jan.

Wenn man seinen Vater ärgern will, muss man ihn sonntagmorgens aus dem Bett klingeln. Was passiert, wenn man's schon um halb zwei morgens versucht – dafür kann Jan nicht garantieren. Jan spitzt die Ohren, als sein Vater die Tür öffnet. Er hört Stimmen im Flur, dann kommt Melissas Vater ins Wohnzimmer.

»Guten Abend.« Herr de Raaf gibt Jans Mutter die Hand. »Entschuldigen Sie bitte, dass ich zu so später Stunde noch störe«, entschuldigt er sich. »Aber ich sah noch Licht brennen, sonst hätte ich natürlich nicht geklingelt.«

Melissa wird doch wohl nicht von den Pillen krank geworden sein . . ., schießt es durch Jans Gedanken.

Herr de Raaf spielt nervös mit den Fingern. Er sieht Jan an, als er sagt: »Ich bin in der Hoffnung hergekommen, dass du mir vielleicht weiterhelfen kannst.«

Help!, denkt Jan. Jetzt wird er mich über gestern Abend ausquetschen wollen. Er hat bestimmt mit Fleurs Mutter gesprochen . . .

»Melissa war müde«, erzählt Herr de Raaf. »Sie ist schon um zehn ins Bett gegangen, weil sie Kopfschmerzen hatte. Meine Frau ist schnell beunruhigt, also wollte sie vor einer halben Stunde zur Sicherheit noch einmal nach ihr sehen. Melissa war nicht in ihrem Bett.«

Was? Jan sitzt kerzengerade. Melissa ist weg?

13.

Zuerst bringt Jan kein Wort heraus. Er muss an den Film denken, den sie zu Anfang des Schuljahres in Sozialkunde gesehen haben. Das Mädchen in dem Film ging zur Schule, genau wie Melissa. Sie war ein ganz normales Mädchen. Der ganze Schlamassel fing an, als sie auf einer Party war, auf der Drogen genommen wurden. Sie wollte nicht kneifen und sie war sich sicher, dass es bei dem einen Mal bliebe. Aber dem war nicht so. Sie wollte dieses herrliche Gefühl noch einmal haben und noch mal und noch mal. Am Ende des Films war sie nicht wiederzuerkennen.

Jan denkt, dass Melissa vielleicht auch etwas in diesem Zeug entdeckt hat, genau wie das Mädchen im Film. Etwas, das ihr so viel wert ist, dass sie sich deswegen heimlich aus dem Haus schleicht. So was hat sie bisher noch nie getan, nicht einmal für Kevins Party, wo sie nicht hindurfte, weil kein Erwachsener dabei war.

Jan sieht zu Herrn de Raaf hinüber. Er scheint eher wütend als beunruhigt zu sein und glaubt wohl, dass Melissas Verschwinden heute Nacht mit Fleurs schlechtem Einfluss zu tun hat.

»Wenn meine Schwiegermutter nicht krank wäre, hätten wir Melissa gar nicht erlaubt, bei Fleur zu übernachten. Melissa hat sich mitreißen lassen.« Das wiederholt Herr de Raaf sicher drei Mal.

Na, super, denkt Jan. Jetzt gibt er Fleur die Schuld. Aber er hält seinen Mund. Er kann ja wohl kaum erzählen, dass Fleur damit nichts zu tun hat. Dann hätte jeder sofort gewusst, dass er etwas weiß. Und während die scheußlichen Bilder aus dem Film durch Jans Kopf spuken, wiederholt Melissas Vater seine Frage. »Weißt du vielleicht, wo die Mädchen stecken, Jan?«

»Sag's schon, wenn du etwas weißt«, drängt ihn sein Vater. »Es ist in Melissas eigenem Interesse, dass sie so schnell wie möglich nach Hause kommt. Wenn Herr de Raaf noch die halbe Nacht suchen muss, wird es nur noch schlimmer für sie.«

Und wenn Jan nur den Namen der Diskothek verraten würde? Es wäre für Melissa das Allerbeste, wenn das alles aufhören würde – aber er bringt es nicht übers Herz, sie zu verraten. Jan beginnt zu schwitzen. Was soll er tun? Er kann Melissa doch auch nicht vor die Hunde gehen lassen. Warum sagt er ihrem Vater nicht, was los ist? Ist das nicht feige? Der Name der Diskothek liegt ihm auf der Zunge. Jan kann die Wut in Herrn de Raafs Augen sehen.

»Ich, eh . . . ich hab keinen blassen Schimmer«, sagt er. »Vielleicht sind sie im *Central,* das ist unsere Stammkneipe.«

»Wenn Sie möchten, begleite ich Sie«, bietet Jans Vater an.

»Das ist sehr nett von Ihnen, aber das nehme ich selbst in die Hand.« Melissas Vater ist schon fast an der Haustür, als das Telefon läutet. Jan nimmt ab, er rechnet damit, dass Frau de Raaf dran ist, um zu sagen, dass Melissa wieder zu Hause ist. Verkrampft hält er den Hörer an sein Ohr. Es ist

nicht Melissas Mutter, sondern die Polizei. Sie möchten Herrn de Raaf sprechen.
»Es ist für Sie.« Jan reicht den Hörer weiter. Gespannt wartet er ab.
»Meine Tochter . . .« Herr de Raaf wird kreidebleich. »Sind Sie sicher?« Als er auflegt, zittert seine Hand.
»Sie haben Melissa vor einer Diskothek kontrolliert. Sie haben Ecstasy bei ihr gefunden. So viel . . . ein Vermögen wert.«
»Ecstasy?« Jans Mutter wird blass.
Herr de Raaf nickt. »Sie hatte es nicht nur bei sich. Die Polizei sagt, sie hätte es auch genommen.«
Zum ersten Mal hat Jan Mitleid mit Herrn de Raaf. Er kann sehen, wie seine Welt zusammenstürzt. Auch Jans Eltern sind sprachlos. »Wusstest du das?« Entsetzt sieht Jans Vater seinen Sohn an. Jan weiß nicht, was er sagen soll. Wenn er schweigt, glauben sie, Melissa würde einfach so Drogen nehmen. Aber das ist nicht wahr, sie täten Melissa unrecht. Ohne Jim wäre das nie passiert, Jim hat Schuld! Jan beschließt auszupacken, jedenfalls das, was er sicher weiß.

Den ganzen Sonntag lang hatte Melissa Hausarrest. Als Jan anrief, durfte er sie noch nicht einmal sprechen. Seine Eltern wollten über nichts anderes sprechen – seine Mutter war total beunruhigt, das konnte er verstehen.
»Sei ehrlich: Nimmst du das Zeug auch?«
»Nein, Mam, Drogen interessieren mich nicht.« Jan muss es immer wieder sagen, aber seine Eltern glauben ihm nicht.

Am Montagmorgen geht er extra früh aus dem Haus, um noch mit Melissa sprechen zu können. An der Brücke wartet er auf sie. Komisch, denkt er. Sie hätte schon längst da sein müssen, sonst kommt sie nie so spät. Sie wird doch wohl nicht krank sein? Na, das kann ja heiter werden. Er wird sie natürlich noch nicht einmal besuchen dürfen. Solche Strafmaßnahmen findet Jan wirklich bescheuert, aber so sind Melissas Eltern nun mal.

Er wartet bis zehn vor halb neun, dann fährt er los – sonst kommt er zu spät.

Als er auf den Schulhof fährt, sieht er Melissa. Wie ist das möglich? Ist sie es überhaupt?

»Melissa!«, ruft Jan. Als sie sich umdreht, erschrickt er. Sie sieht schlecht aus.

»Geht's?«, fragt er, nachdem er sein Fahrrad abgeschlossen hat.

Melissa seufzt. »Es ist alles so durcheinander, ich weiß auch nicht.«

»Das wird schon wieder.« Jan drückt vorsichtig ihre Hand. Dann klingelt es und sie gehen nach drinnen.

Es ist ein unruhiger Morgen. Frau Zuurbier ist krank, der Test fällt aus. Die meisten sind froh, aber Jan ärgert sich schwarz. Er hatte die Vokabeln gerade in seinen Kopf gehämmert, jetzt muss er nächste Woche wieder von vorne anfangen. Aber einen Vorteil hat's: Nachher haben sie eine Freistunde, dann kann er Melissa ein bisschen aufmuntern. Sie hat's nötig, denn sie läuft wie ein Zombie durch die Gegend. Aber vorher haben sie noch Niederländisch. Alle meckern rum, weil Annelies einen Text austeilt. Noch bevor sie die letzten Blätter verteilt hat, hebt Jan die Hand. Er erzählt Annelies, was er vorm *Florida* erlebt hat.

Annelies ist empört, genau wie die anderen aus der Klasse. Sie müssen unbedingt etwas dagegen unternehmen, finden alle. René will mit seinem Vater sprechen, der ist im Gemeinderat. Aber sie haben noch viel mehr Ideen. Anstelle der Textanalyse schreiben sie einen Leserbrief an die Schülerzeitung, in dem sie die Methoden des *Florida* verurteilen. Außerdem schicken sie den Brief an die Lokalzeitung und hoffen, dass er abgedruckt wird. René bietet zusammen mit ein paar anderen an, den Brief in der Freistunde zu kopieren und an alle Schulen in der Umgebung zu schicken. Jan beobachtet Melissa. Wenn es gegen Rassismus geht, ist sie immer mit vollem Engagement dabei, aber heute scheint sie nicht bei der Sache zu sein. Als die Klasse, angeregt von Annelies, Aktionen gegen das *Florida* plant, starrt Melissa vor sich hin. Erst als die Stunde vorbei ist und alle auf den Schulhof gehen, scheinen ihre Lebensgeister zu erwachen.

Jan braucht nichts zu fragen, Melissa legt von selbst los.

»Es war furchtbar. Du kannst dir gar nicht vorstellen, was ich durchgemacht habe. Es war ein Albtraum. Zuerst in der Disco. Da taten sie so, als ob ich der erstbeste Dealer wäre. Und dann auf der Polizeiwache . . .« Melissa erzählt, wie sie behandelt wurde und wie viele Schwierigkeiten ihr Vater gehabt hatte, sie mit nach Hause nehmen zu dürfen. Sie hält Jans Hand. »Und gestern war es noch schlimmer. Ich musste den ganzen Tag alleine in meinem Zimmer bleiben – wo es mir doch eh schon so beschissen ging. Ab und zu kam mein Vater rein, um nachzusehen, ob ich noch da bin. Ich habe mich wie eine Gefangene gefühlt. Er hat mich zur Schule gebracht und heute Nachmittag kommt er mich abholen, wie einen Erstklässler!«

»Das hört schon wieder auf«, versucht sie, Jan zu beruhigen. »Dem sitzt noch der Schreck in den Knochen.«

Melissa nickt. »Ich habe überhaupt keinen Bock auf die Schule, ich habe zu gar nichts mehr Bock. Ich finde mich selbst so eine Niete, weil ich auf den Anruf von Jim reingefallen bin. Ich hasse mich! Ich finde alles furchtbar, echt!«

»Das kommt durch die Pillen, hab ich jedenfalls mal gelesen: Zuerst hat man total viel Power, und wenn die Wirkung nachlässt, kann man depressiv werden«, sagt Jan. »Ob Jim die Pillen in deine Tasche getan hat?«

Melissa sieht Jan zuerst verwirrt an, aber dann begreift sie, was er meint. »Er war's nicht, da bin ich sicher. So was macht er nicht.« Sie wird beinah böse. Nur mit Mühe reißt sich Jan zusammen. Für Jim hat er nichts übrig, aber es wäre Quatsch, jetzt einen Streit anzufangen. Dann würde Melissa wahrscheinlich gleich zu Jim laufen, um Trost zu suchen.

»Geh nicht mehr zu ihm, Melissa.« Jan sieht ihr in die Augen. »Ich will dir wirklich helfen. Ich will alles für dich tun, aber bitte geh ihm aus dem Weg.«

Melissa nickt. »Ich versprech's, auch wenn es nicht leicht ist. Weißt du, wenn ich so tanze, bin ich wahnsinnig glücklich. Ich hatte keine Ahnung, dass man sich so fühlen kann. Man traut sich alles, die anderen sind einem egal.«

Sie meint tatsächlich, was sie sagt, denkt Jan bestürzt. Es ist viel schlimmer, als ich dachte. Sie braucht echt Hilfe.
Melissa sieht Jans beunruhigten Blick. »Sorry, ich bin furchtbar. Ich denke nur an mich. Ich begreife nicht, warum du überhaupt noch mit mir redest. Ich bin's nicht wert, ich mache alle unglücklich. Sieh nur, was ich meinen Eltern angetan habe, und das, obwohl Oma so krank ist.«
»Kopf hoch.« Jan nimmt Melissa mit zu den anderen. Er merkt, wie schwer es ihr fällt, ihnen unter die Augen zu treten, denn sie schämt sich. Aber Kevin macht keine dumme Bemerkung und Fleur ist viel zu traurig, um Melissa böse zu sein. Nur Debby scheint Probleme mit ihr zu haben, und das lässt sie deutlich spüren. Demonstrativ geht sie einen Schritt zur Seite, als ob Melissa eine ansteckende Krankheit hätte. Zum Glück zieht Fleur alle Aufmerksamkeit auf sich, weil sie von Timo erzählt. Jan lässt seinen Blick über den Schulhof schweifen und entdeckt ihn in einer Ecke. Gerade fröhlich sieht der nicht aus.
»Timo hat Liebeskummer«, sagt Debby.
Das kapiert Jan nicht. »Es ist doch seine eigene Schuld, dass Fleur Schluss gemacht hat.«
»Deswegen nicht.« Debby zündet sich eine Zigarette an. »Gestern Abend stand er bei mir auf der Matte. Er hat mich noch mal gefragt, ob ich mit ihm gehen will, aber . . . ehm, ich habe Nein gesagt.«
»Gut gemacht«, sagt Melissa. Jan bewundert Melissa, weil sie noch in der Lage ist, etwas Nettes zu Debby zu sagen.
»Oh, das musst du gerade sagen«, schnauzt Debby zurück. »Was du so alles anstellst.«

Tolle Freundin, denkt Jan. Sie sieht doch, wie schwer es Melissa hat. Will sie sie fertigmachen? Als er sieht, wie Melissa sich auf die Lippe beißt, wird er sauer. »Du machst ja auch nie einen Fehler – stimmt's? Du bist quasi unfehlbar!«

»Wenn hier einer Scheiße baut, dann ist das Timo«, quatscht Fleur dazwischen. »Und dann glaubt der auch noch, dass ich mit ihm reden würde.«

»Hat er dich das gefragt?« Jan ist überrascht.

Fleur nickt. »Er hat heute Morgen auf mich gewartet.«

»Und? Hast du's gemacht?«

»Ich denk nicht dran. Ich hab von Debby gehört, worüber er reden will. Ihr werdet's nicht glauben: Er will, dass ich Debby sage, sie könne ruhig mit ihm gehen. Vielen Dank auch, keinen Bock!«

»Der Typ muss sich mal durchchecken lassen«, findet Kevin. »Der soll sich mal schön selbst um seine Angelegenheiten kümmern.«

»Ich hab ihm gesagt, er soll verschwinden. Deswegen hat er miese Laune. Weil sein Plan nicht funktioniert hat. Haha, Pech gehabt!« Es klingt cool, aber Jan merkt, wie Fleur ihre Tränen runterschluckt.

»Ich seh schon«, Kevin lacht, »eine Freundin ist nichts für uns, was Jan?«

Der wird sofort rot. Jan denkt an Melissa, wie schutzlos sie gerade ist. Er würde sie zu gerne in die Arme nehmen. »Kommt drauf an, wer's ist«, antwortet er deswegen.

»Wie bitte?«, ruft Kevin überrascht. »Bist du vom Glauben abgefallen?«

Jan hat Glück: Sie werden von einem Regenschauer unterbrochen, sonst wäre Kevin sicher noch eine Weile auf dem Thema herumgeritten. Als sie Richtung Schulgebäude eilen, stößt Fleur Jan an.

»Ist das dahinten nicht Jim?«

»Wo?«

»Dahinten, auf der anderen Straßenseite«, flüstert Fleur.

»Was will der Typ hier? Der soll Melissa in Ruhe lassen.« Jans Stimme überschlägt sich vor Wut. Er muss handeln, und zwar schnell, sonst entdeckt Melissa ihn auch.

»Ich geh sofort rein«, sagt er. »Hab keine Lust, nass zu werden.«

Zum Glück schaltet Fleur sofort. »Ich auch nicht. Kommst du mit, Melissa?«

Jan glaubt, es hat geklappt, aber er freut sich zu früh. Kurz vor der Tür wird Melissa angerempelt und ihre Kakaotüte fällt auf den Boden. Als sie sich umdreht, um sie aufzuheben, sieht sie Jim.

Jim ist wie ein Magnet, der Melissa anzieht.

»Bin gleich zurück«, und schon läuft sie weg.

Die anderen warten auf Melissa, die mit Jim spricht und auf einmal bei ihm hinten auf den Roller steigt.

Jan und Fleur sehen sich erschrocken an.

»Er hat sie in seiner Macht«, sagt Kevin.

»Ich fahr hinterher.«

Das hätte Jan auch sicher getan, wenn Debby ihren Mund gehalten hätte. »Mach doch nicht so einen Wirbel wegen der kleinen Schlampe.«

Jan sieht rot. »Melissa ist keine Schlampe! Reiß die Klappe nicht so weit auf.«

Aber Debby lässt sich nicht so schnell einschüchtern. »Na, na, na! Reg dich mal wieder ab. Das kommt davon, wenn man in einen Junkie verliebt ist.«
Das hätte sie nicht sagen sollen. Jan holt aus und scheuert ihr eine. Er ist selbst erschrocken. Alle starren ihn überrascht an: Jan ist nie aggressiv! Zum Glück begreift Fleur den Grund dafür.
»Wir müssen ihn stoppen«, sagt sie.
»Wen?« Kevin ist nicht gerade schnell von Begriff.
»Jim!«, sagen Fleur und Jan wie aus einem Mund.

14.

Die Stimmung ist auf dem Nullpunkt. Kevin versucht, seine Freunde mit in die Stadt zu schleifen, aber keiner hat Lust. Anstatt sich in Musikläden die neusten CDs anzuhören, lehnen sie mit langen Gesichtern an der Tür zum Fahrradkeller. Kevin gibt eine Sondervorstellung auf seinem BMX-Rad zum Besten, um sie ein bisschen aufzumuntern, aber das interessiert keinen sonderlich.

»Könnt ihr vielleicht noch was anderes als schweigen?«, fragt Kevin, nachdem er sein Rad wieder angeschlossen hat.

»Ich will ja nichts sagen«, fängt Debby an, »aber ohne Melissa wäre die Stimmung nicht versaut worden. Wenn sie nicht mit dem Kerl abgehauen wäre, hätten Jan und ich keinen Streit bekommen.«

Jan schüttelt den Kopf. »Du verdrehst alles. Du lässt Melissa eiskalt fallen – darum geht es!«

Debby ist sofort eingeschnappt. »Als ob Melissa uns nicht fallen lassen würde. Du hast es doch gesehen. Ein Wink von Jim – und wir können uns zum Teufel scheren. Und da soll ich Mitleid haben?«

Kevin stimmt Debby zu. »Wenn sich Melissa so verhält, kann sie mir gestohlen bleiben.«

»Genau«, sagt Debby. »Das finde ich auch.«

»Kommt«, sagt Fleur, »reden wir über was Schöneres. Unsere Sommer-Tour zum Beispiel.«

Jan hört deutlich den zynischen Unterton in ihrer Stimme. Jetzt, da Timo nicht mitfährt, ist es für sie nur halb so schön.
»Auf jeden Fall ist es praktisch, dass wir nur zu viert fahren«, meint Debby. »Dann passen wir im Zug auf eine Viererbank. Sonst hätte einer immer alleine sitzen müssen.«
»Wie meinst du das: Zu viert?«, fragt Jan.
»Du glaubst doch nicht im Ernst, dass ich noch mit Melissa in Urlaub fahren will? Stell dir vor: Sie hat wieder Drogen dabei und wir landen alle auf der Polizeiwache. Nein danke! Darauf hab ich keinen Bock.«
»Lächerlich, Melissa ist kein Dealer!« Jan will wütend weglaufen, aber Fleur hält ihn am Arm fest.
»Aufhören, ihr zwei. Ich hab eure Zankerei allmählich satt!«
Aber Jan kann nicht aufhören. »Ich kapier nicht, wovon Debby redet. Wenn wir auf Reisen gehen, ist mit Melissa längst wieder alles in Ordnung.«
»Ach ja?« Debby lacht spottend. »Du bist naiv, Mann. Wo ist sie denn jetzt?«
Jan gibt sich geschlagen: Eins zu null für Debby. Er fragt sich selbst die ganze Zeit, wo Melissa steckt. Wenn sie pünktlich zur Englischstunde kommen will, muss sie sich beeilen. Sie wird doch nicht blaumachen wollen? Ihr Vater hat am Wochenende Herrn van Tongeren angerufen. Er hat zwar nichts von den Drogen gesagt, aber erzählt, dass Melissa von der Polizei aufgegriffen wurde und dass er befürchte, sie habe in der Schule die falschen Freunde. Melissa kann sich ausrechnen, dass man sie ab jetzt im Auge behalten wird.
Jan sieht zu Debby hinüber, die sich eine Zigarette anzün-

det. Obwohl er schon seit sechs Wochen nicht mehr raucht, verspürt er auf einmal wieder Lust darauf. »Gibst du mir auch eine?«, fragt er. Debby wirft ihm eine Zigarette zu. »Weil du mir so lieb über die Wange gestreichelt hast.«
»Sorry«, sagt Jan. Nach dem ersten Zug bereut er es bereits. Was ist das für ein gestresstes Getue? Melissa kommt wegen seiner Raucherei keine Minute früher zurück, selbst wenn er das ganze Päckchen paffen würde.
Fleur nimmt ihm die Zigarette aus der Hand und zieht selbst daran. »Wir sind alle fertig. Jeder von uns ist schuld an der miesen Stimmung.«
»Außer Melissa, die hat keine Schuld. Die hat's so furchtbar . . .«
Debby streckt ihrer Freundin die Zunge heraus und läuft weg. »Ich geh kurz zu Timo, der sieht untröstlich aus. Nachher denkt er noch, ich wär ihm böse. Das ist natürlich Quatsch. Ich will nur nicht seine Freundin werden.«
Jan sieht Debby hinterher. Er kann sie einfach nicht leiden. Komischerweise war das schon vom ersten Augenblick an, als sie in ihre Klasse kam, so. Und das hier kapiert er auch nicht. Sie will nichts von Timo wissen, aber sie hängt die ganze Zeit in seiner Nähe rum. Und wie. Dabei guckt sie, als sei sie total verliebt. So macht sie ihm doch nur unnötig Hoffnung. Na ja, mit Timo muss er kein Mitleid haben. Wenn er bedenkt, wie der mit Fleur umgesprungen ist – das macht ihn gleich wieder sauer. Fleur versucht zwar, tapfer zu sein, aber sie fühlt sich schrecklich, das merkt er deutlich. Sie hat noch keinen Bissen gegessen – nicht mal ein Mars wollte sie. Und das will was heißen!

Fleur versteckt sich hinter ihrem Englischheft und tut, als ob sie lernen würde. Aber Jan durchschaut sie. Sie erträgt es nicht, dass Debby bei Timo ist. Vorhin, als sie an Timo vorbeigegangen sind, tat sie ihm wirklich leid. Sie zitterte richtig und Timo fiel es auch nicht leicht. Der hat natürlich Schuldgefühle.
»Da bin ich wieder.« Debby legt einen Arm um ihre Freundin. »Timo hat mich für heute Abend eingeladen, zur Probe mit der Schulband.«
»Schön«, sagt Fleur so gleichgültig wie möglich.
»Du bist doch nicht böse?«, fragt Debby.
»Natürlich nicht. Ich will den Namen nur zurzeit nicht hören.«
»Logisch«, meint Debby. »Es hat auch wirklich nichts zu bedeuten, nur dass du's weißt. Ich hau nach der Probe direkt wieder ab und . . .«
»Sei bitte still«, fällt ihr Fleur ins Wort. »Siehst du nicht, dass ich lerne?«
Drei Minuten vor dem Klingeln kommt Melissa auf den Schulhof gerannt. Scheinbar hat ihr das Treffen mit Jim gutgetan. Von ihrer depressiven Stimmung ist nichts mehr zu spüren. Sie fällt Jan um den Hals und gibt ihm einen Kuss.
»Entschuldige, dass ich euch hab sitzen lassen, aber ich musste einfach mit Jim sprechen. Seit Samstagabend habe ich ihn nicht mehr gesehen. Der hat sich total erschrocken, als sie mich mitgenommen haben. Jim weiß, wer die Pillen in meine Tasche gesteckt hat. Der Typ scheint das öfter zu probieren. Aber solange Jim keine Beweise hat, kann er ihn nicht anzeigen. Ich habe ihm gesagt, er soll sich da nicht

reinhängen, aber er ist stocksauer. Er muss und will dahinterkommen.«
Melissa quatscht an einem Stück und kann keine Sekunde lang still stehen. »Mir geht's so gut«, sagt sie immer wieder. Jan ist froh, dass es ihr besser geht, aber merkwürdig ist das schon. Wie kann sich ihre Stimmung so plötzlich ändern? Immer wieder hängt sie an seinem Hals, normalerweise ist Melissa nicht so anhänglich. Während der Englischstunde ist sie noch immer hibbelig. Sie dreht sich ständig auf ihrem Stuhl hin und her, nimmt ihren Rucksack auf den Schoß und wühlt darin herum. Außerdem scheint sie ein Abonnement für den Papierkorb zu haben. Zum Glück achtet niemand auf sie, denn Kevin sorgt mal wieder für eine Überraschung. Mitten in der Stunde fängt sein Handy zu piepen an. Herr van Haringen hätte es bestimmt sofort beschlagnahmt, aber Herr Dolleman ist viel zu nett dafür.
»So, du scheinst ja oft gebraucht zu werden«, sagt er lediglich, als das Handy zum dritten Mal in zehn Minuten klingelt.
»Ich habe es vollkommen falsch programmiert«, erklärt Kevin. »Es hätte gleich erst klingeln müssen, in der Pausenhalle, bei den schönen Mädchen aus der 9b. Tja, man muss sich inzwischen ganz schön was einfallen lassen, wenn man cool rüberkommen will.«
Jeder muss lachen, aber niemand so extrem wie Melissa. Es hat den Anschein, als könne sie gar nicht mehr aufhören. Alle Blicke sind auf sie gerichtet. Jan und Fleur sehen sich besorgt an. Jan hat zwar eine Vermutung, warum sie so aufgedreht ist, aber er will lieber nicht darüber nachdenken.

Sobald es klingelt, rennt Melissa zu Fleur und zieht sie mit sich mit. In einer Ecke auf dem Flur bleiben sie stehen. Jan lässt die beiden lieber in Ruhe. Es scheint, als ob sie etwas zu besprechen haben, was niemanden etwas angeht. Er geht in die Pausenhalle und will sich gerade eine Tüte Tikkels* aus dem Automaten ziehen, als Fleur hinter ihm steht.
»Ich muss dich kurz sprechen«, flüstert sie ihm ins Ohr. Bevor Jan fragen kann, worum es geht, hat sie die Pausenhalle schon verlassen. Jan steckt sein Geld in die Hosentasche zurück und geht ihr hinterher. Im Flur, in einer Treppennische, winkt sie ihn zu sich. »Hör zu«, sagt sie. »Es ist viel schlimmer, als wir dachten. Es kann so nicht weitergehen.«
»Sie hat wieder was genommen«, sagt Jan. »Das habe ich auch schon gemerkt.«
»Da ist noch was, was ich dir sagen muss.«
»Und das wäre?«
»Ich hatte eigentlich geschworen, den Mund zu halten, aber . . . ähm, ich finde doch, dass du es wissen solltest.«
»Du kannst mir vertrauen.«
Fleur nickt. »Deswegen erzähl ich es dir auch. Aber die anderen halten wir hier raus. Ich . . . ich habe Melissa Geld geliehen.«
»Wann?«
»Ungefähr vor einem Monat und letzte Woche noch mal. Sie sagte, sie hätte eine extra Tanzstunde nötig und ihre Eltern wollten das nicht bezahlen. Sie wollte in den Ferien einen Job suchen und ihre Schulden abbezahlen. Ich habe das

* Lakritzsorte

Geld von meinem Sparkonto abgehoben. Gerade kam sie wieder zu mir.«

»Das hab ich gesehen.«

»Sie wollte wieder Geld haben.«

»Und was hast du gesagt?«, fragt Jan.

»Dass sie es nicht bekommt. Was glaubst du denn? Ich bin doch nicht bescheuert.«

»Damit hat sie also die Pillen bezahlt.« Jetzt begreift Jan. Die Pillen bekommt sie von Jim natürlich nicht geschenkt. Typisch Fleur, darauf reinzufallen. Melissa hätte das Geld ohne Probleme von Jan leihen können, aber sie ahnte wahrscheinlich, dass sie ihm mit dieser Ausrede nicht hätte kommen können. Eine extra Tanzstunde – unglaublich! Sie ist schon zweimal nicht zum Jazzballett gegangen, weil Jim meint, sie soll alles vergessen, was ihr Inge beigebracht hat.

»Mist, nicht wahr?!«, sagt Fleur. »Wenn ich ihr das Geld nicht gegeben hätte, wär das alles nicht passiert.«

»Quatsch, das ist ihre eigene Verantwortung.«

Fleur sieht traurig zu Boden. »Wenn wir ihr doch nur helfen könnten . . . Aber ich hab keinen blassen Schimmer, wie.«

Das passt überhaupt nicht zu Fleur, findet Jan. Sicher liegt das an ihrem Liebeskummer. Er wird sich selbst etwas einfallen lassen müssen.

»Das liegt alles an diesem Jim«, sagt Jan.

Fleur nickt. »Gegen den können wir nichts machen.«

»Aber wir können ihm sagen, dass er Melissa in Ruhe lassen soll.«

»Traust du dich das etwa?«, fragt Fleur.

»Haben wir denn eine Wahl? Sonst geht Melissa echt den Bach runter.« Jan sieht, dass Fleur angestrengt nachdenkt.
»In Ordnung!« Fleur klingt fest entschlossen. »Lass uns gleich heute Abend zu ihm fahren. Niemand darf was davon wissen. Meinen Eltern erzähle ich, ich sei bei dir.«
»Perfekte Tarnung!« Jan lacht. »Dann bin ich bei dir. Um wie viel Uhr sollen wir uns treffen?« Jan sieht Fleur fragend an, merkt aber sofort, dass sie mit ihren Gedanken woanders ist. Als er sich umdreht, sieht er Timo vorbeigehen. Mensch, ist das schwierig, wenn man auf derselben Schule ist. »Willst du wirklich mit heute Abend? Du hast zurzeit weiß Gott andere Sorgen.«
Fleur zuckt mit den Schultern. »Ist schon gut, sonst sitze ich doch nur zu Hause rum und blase Trübsal.«
»Wir müssen zu Wirtschaftskunde«, sagt Jan, als die Glocke läutet. »Um 19 Uhr vor der Schule, okay?«
Jan geht als Erster ins Klassenzimmer. Er hört schon von Weitem, wo Melissa sitzt. Ihre Stimme klingt überall heraus und ihre Augen sprechen Bände. Jan hofft, dass sie sich während der Stunde ein bisschen zurückhält. Herrn van Kämpen entgeht nie etwas. Wenn der Verdacht schöpft und Melissa zum Direktor schickt – Prost Mahlzeit!

Der Unterricht läuft noch keine fünf Minuten, als Melissa plötzlich rausgeht. Jan kommt das verdächtig vor, aber wahrscheinlich muss sie einfach aufs Klo. Oder ihr ist von den Pillen schlecht geworden, nachher liegt sie noch todkrank im Flur. Wenn das passiert, fliegt sie hundertprozen-

tig von der Schule. Als sie nach ein paar Minuten nicht zurück ist, steht er auf.
Die Türen der Mädchenklos stehen alle offen, da ist sie also nicht. Sie wird doch wohl nicht abgehauen sein? Jan rennt zur Garderobe, um nachzusehen, ob ihre Jacke noch da ist, und atmet erleichtert auf. Er hat sich umsonst Sorgen gemacht. Melissa steckt gerade die Hand in ihre Jackentasche, wahrscheinlich braucht sie ein Taschentuch. Jan will schon ins Klassenzimmer zurückgehen, aber nach einigen Schritten bleibt er stehen. Die blaue Jacke gehört gar nicht Melissa! Jan dreht sich um. Seine Augen wandern zur Garderobe und dann läuft ihm ein Schauer über den Rücken. Melissa wühlt in Renés Jackentasche . . .
»Melissa . . .«, ruft Jan.
Sie sieht erschrocken auf und wird feuerrot, als sie Jan sieht. »Ich, ähm . . .«
Jan wünschte, sie hätte eine gute Ausrede, aber er weiß, dass es keine gibt. Du hast es wirklich getan, denkt er. Jetzt, da du von Fleur kein Geld mehr kriegst, versuchst du, es zu klauen.
Melissa geht zu Jan. »Ich bin so blöd, ich versteh mich selbst nicht mehr. Jan, bitte, verpetz mich nicht.«
Jan sieht die Verzweiflung in ihren Augen. Er weiß nicht, was er sagen soll, er ist noch nicht einmal böse. Fassungslos sieht er Melissa an.
»Habt ihr keinen Unterricht?«, hören sie die strenge Stimme von Herrn van Tongeren hinter sich.
»Ähm, ja, wir wollten gerade in unsere Klasse gehen.« Jan zieht Melissa mit sich mit. Er schiebt sie regelrecht ins Klas-

senzimmer und setzt sich auf seinen Platz. Den Rest der Stunde bekommt er nichts mit. Immer wieder sieht er vor sich, wie Melissa bei den Kleiderhaken stand. Er ist so in Gedanken versunken, dass er zusammenzuckt, als ein Papierkügelchen auf seinem Tisch landet. Als van Kampen sich umdreht, um etwas an die Tafel zu schreiben, faltet er es auseinander. Fünf Buchstaben stehen darauf: HILFE. Jan sieht zu Melissa rüber. Er muss unbedingt mit ihr reden. Zum Glück dauert es nicht mehr lange, bis die Glocke läutet. Jan geht sofort zu ihr, aber er kann nicht mit ihr reden, denn Kevin quatscht an einem Stück.

Macht nichts, denkt Jan, dann halt nachher.

Aber als sie durch das Hauptportal das Schulgebäude verlassen, parkt bereits Herr de Raaf mit seinem Auto am Bürgersteig.

15.

Vergiss es, mit dem kann man nicht reden.« Fleur zieht Jims Wohnungstür hinter sich zu. Jan geht hinter ihr die Treppe hinunter. Er hat Mühe, sich zu beherrschen. Würde er seinen Gefühlen freien Lauf lassen, würde er die Tür eintreten und die ganze Bude in Klump hauen. Wie kann der Kerl es wagen? Er hat sie einfach rausgeworfen. »Spielt mal schön draußen weiter«, hat er gesagt. Als ob sie Kleinkinder wären. Aber am schlimmsten ist, dass sie mit ihrem Besuch nichts erreicht haben. Sie hätten genauso gut zu Hause bleiben könne – dann hätten sie ihren Eltern wenigstens nichts vorflunkern müssen.
Draußen, bei ihren Rädern, setzt sich Jan nach hinten auf seinen Gepäckträger und hält sich am Lenker fest. Er hat keine Ahnung, wie es weitergehen soll. Dieser Jim hat nicht vor, Melissa aus dem Weg zu gehen, das ist klar. Er sah keinen Grund dafür, im Gegenteil: Melissa sei endlich auf dem richtigen Weg. Jim konnte sich zwar vorstellen, dass ihre Freunde und Eltern Mühe damit haben, aber Melissa würde gerade erst richtig locker. Sie müssten sie mal tanzen sehen – viel gelöster! Natürlich hätte sie dafür eine Pille nötig, das gab er zu, aber was sei denn daran so schlimm?
Jan hatte ihm erzählt, dass sie heute auch eine geschluckt habe, obwohl sie nicht tanzen musste.
»Genau«, hatte Fleur gesagt, »sie fühlt sich zwar klasse,

wenn sie die Pillen intus hat, aber wenn sie nicht mehr wirken, wird sie depressiv.«
»Das ist nur am Anfang so«, hatte Jim geantwortet, um sie zu beruhigen. »Der Körper muss sich erst noch daran gewöhnen.«
»Gewöhnen?« Jan war aufgesprungen. »Weißt du überhaupt, was du da sagst? Es geht hier um Drogen, Mann.«
Jim hatte seine Antwort sofort parat gehabt. »Trinkst du denn nie ein Bierchen? Das ist erlaubt, Leute dürfen auch rauchen. Das ist so ein absurdes Getue. Du musst den Märchen nicht glauben. Du brauchst auch keine Angst zu haben, dass deine Freundin ein Junkie wird. Seh ich etwa wie ein Junkie aus? Man ist erst einer, wenn man lebt und denkt wie ein Junkie. Eine Pille ab und zu kann nicht schaden.«
Melissa schon, hatte Jan gedacht. Die angeblich harmlosen Pillen sind dabei, ihr Leben zu zerstören.
Jim hatte ihre Einwände mit dem Argument abgewehrt, sie würden sich nicht auskennen. »Ihr müsst es erst selbst probieren, dann wisst ihr, wovon ihr redet.« Es hätte sie nicht gewundert, wenn er ihnen auch ein paar Pillen angeboten hätte. Die hätte ihm Jan dann allerdings um die Ohren geschmissen.
»Willst du hier übernachten?«, fragt Fleur, und als Jan mit den Schultern zuckt, meint sie: »Verstehe, du willst es noch einmal versuchen?! Vergiss es, Jan, der Typ hat keine Ahnung, wovon du redest. Der ist total relaxt, was Ecstasy angeht.«
»Der war wirklich relaxt«, meint Jan. »Bis er ans Telefon musste. Danach fand ich ihn ziemlich hektisch. Als er den Hörer aufgeknallt hatte, hat er uns sofort rausgeworfen.«

»Vielleicht kommt ja seine Süße vorbei.« Fleur hat keine Lust mehr, sich den Kopf über Jim zu zerbrechen.

Aber Jan hatte einen anderen Eindruck gehabt. »Das kann ich mir nicht vorstellen, das war nicht seine Freundin. Was hat er gesagt? Ach, ja: ›Im Moment habe ich nichts.‹«

»Genau, und anscheinend hat der andere so lange herumgejammert, bis er doch vorbeikommen durfte.«

So genau hatte Jan das Telefongespräch nicht verfolgt. Jim war ihm ziemlich egal gewesen, ihm war es ausschließlich um Melissa gegangen. Aber jetzt kommt es ihm plötzlich verdächtig vor, dass sie so schnell wegmussten.

Für Fleur ist klar: »Wir sollten den Anrufer nicht sehen.«

»Oder wir sollten nicht mitkriegen, was er bei Jim will.«

Fleur sieht Jan erschrocken an: »Du glaubst . . .«

Jan nickt. »Ich bin mir fast sicher, dass irgend so ein Kerl Pillen abholen will.« Langsam wird ihnen klar, was es bedeutet, wenn Jim Drogen verkaufen würde. Melissa hätte es mit einem Dealer zu tun, und das machte die Sache noch schlimmer.

»Das Zeug, das samstagnachts bei Melissa gefunden wurde, muss Jim ihr in die Tasche gesteckt haben«, meint Fleur.

Der Gedanke versetzt Jan in Panik. »Nein, Jim kann kein Dealer sein«, sagt er schnell. »Er ist doch Tänzer.«

»So viel tanzt der gar nicht. Los, komm, wir gehen zu mir und checken alles noch mal durch.« Fleur hat ihr Fahrrad schon auf die Straße geschoben, aber Jan will noch bleiben.

»Ich will wissen, mit wem sich Jim trifft.«

Fleur mault vor sich hin: »Was haben wir denn davon?«

»Eine ganze Menge. Wir müssen versuchen, so viel wie möglich über Jim herauszubekommen.«
»Okay.« Fleur lehnt ihr Fahrrad an einen Baum. »Aber dann sollten wir uns verstecken. Ich hab keinen Bock darauf, hier gesehen zu werden.«
Jan zeigt auf einen Lieferwagen, der ein Stück entfernt steht. »Da sieht er uns nicht.« Zur Sicherheit stellen sie auch ihre Räder woanders hin.
Jan hat ein ungutes Gefühl, als sie zu Jims Haustür schielen. Der Gedanke, dass Jim ein Krimineller ist, ist alles andere als beruhigend. Als nach einer Viertelstunde noch immer niemand gekommen ist, beginnt Jan zu zweifeln. Wahrscheinlich ist Jim einfach nur ein Tänzer, der ab und zu etwas einwirft. Jan sollte sich lieber um Melissa kümmern, die klang nämlich nicht besonders, als er sie heute Nachmittag anrief. Jan denkt immer noch an das Telefongespräch, als ihn Fleur in die Hand kneift. Sie zeigt auf einen Jungen, der um die Ecke biegt und wie ein Skater aussieht. Jan glaubt nicht, dass es ein Freund von Jim ist. Mit Skatern hat der eher nichts zu tun. Aber Fleur ist unsicher.
»Siehst du«, flüstert Jan, als der Junge auf dem gegenüberliegenden Bürgersteig weiterläuft. »Der hat nichts mit Jim zu tun.« Er hat seinen Satz noch nicht zu Ende gesprochen, da überquert der Junge die Straße und geht schnurstracks auf Jims Nummer zu. Jim muss am Fenster gestanden haben, denn die Tür springt auf, bevor der Junge klingeln kann.
»Wir warten zehn Minuten«, flüstert Fleur, als der Junge drinnen ist. »Wenn er dann nicht wieder draußen ist, ist er einfach ein Freund, der Jim besucht.«

»Nur zehn Minuten? Ich würde locker doppelt so lang warten.«
Fleur seufzt und das ärgert Jan. Wenn sie noch mit Timo zusammen wäre, würde sie nicht nur warten, bis der Typ wieder rauskommt, sondern ihm notfalls noch hinterherfahren. Zum Glück dauert es nicht lange, nach ein paar Minuten ist der Junge schon wieder draußen. Er überquert die Straße und verschwindet.
»Das ist verdächtig.«
Fleur nickt. »Sehr verdächtig. Gut möglich, dass er nur etwas gekauft hat.« Sie denken beide dasselbe: Wo ist Melissa nur hineingeschlittert!
Plötzlich wird Fleur unruhig. »Ich will hier weg.« Sie steigt aufs Fahrrad.
»Und was jetzt?«, fragt Jan, als sie fahren. »Ohne Beweise können wir ihm nichts anhaben.«
»Wir müssen uns eine Strategie ausdenken. Aber nicht jetzt! Ich muss mich an meine Hausaufgaben setzen – wenn es mir gelingt, jedenfalls. Ich habe mir diese Woche schon zwei Fünfen eingehandelt, weil ich immerzu an Timo denken muss. Furchtbar, nicht wahr? Ich finde mich selbst komplett bescheuert, aber ich bekomme ihn nicht aus dem Kopf.«
»Das wundert mich nicht«, findet Jan. »Du hast zwar Schluss gemacht, aber deswegen ist es noch nicht vorbei.« Gerade noch kann Fleur einem Auto ausweichen, das sie schneidet. »In nächster Zeit will ich jedenfalls keinen Freund! Das wird mir auch nicht schwerfallen: Mir gefällt sowieso kein anderer. Vielleicht werde ich immer in Timo verliebt sein – davor habe ich manchmal richtig Angst.«

»Denk dir lieber einen guten Plan aus, wie wir diesen Jim ausschalten können. Das hilft!«

»Wer weiß, vielleicht habe ich heute Nacht eine Eingebung!«, ruft Fleur und biegt nach links ab. Jan weiß jetzt schon, dass das nichts wird. Fleur ist mit ihren Gedanken bei Timo. Er seufzt, als er an seine Hausaufgaben denkt. Heute Nachmittag hatte er schon nichts geschafft, wegen dem Telefongespräch mit Melissa. Sie war gerade an den Hörer gekommen, als er merkte, wie jemand mithörte – das machen ihre Eltern öfter. Zum Glück hatten sie noch nichts gesagt, was ihre Eltern nicht wissen durften. Natürlich störte es wahnsinnig, denn Melissa ging es ziemlich beschissen, sie war richtig depressiv. Es ist wichtig, dass er schnell dahinterkommt, wie er ihr helfen kann. Vielleicht muss er mit jemandem darüber reden. Er denkt an seine Niederländischlehrerin, Annelies Melgers. Er weiß, dass er ihr vertrauen kann. Oder ist sie verpflichtet, so was zu melden? Das Risiko kann er natürlich nicht eingehen. Aber wenn er zum Beispiel Melissas Namen gar nicht nennen würde, sondern so tut, als ob es um einen Freund ginge, der ihm das anvertraut hat?

Jan sieht auf die Uhr. Er hat noch eine Viertelstunde, bevor er zu Hause sein muss. Die Ampel vor ihm springt auf Rot und es scheint eine Ewigkeit zu dauern, bis es Grün wird. Als er nach rechts sieht, ist er überrascht: Vor dem Sportgeschäft stehen Debby und Timo. Ihm fällt ein, dass Debby zur Probe der Schulband gehen wollte.

Es sieht ganz danach aus, dass Timo es geschafft hat. Debby schmiegt sich an ihn, jetzt ist er sicher glücklich. Jan ist sau-

er, will etwas rufen wie ›Glückwunsch zu deiner neuen Anschaffung, Timo! Hast du Garantie drauf?‹. Aber dann sieht Jan, dass der über den Annäherungsversuch von Debby gar nicht glücklich ist. Er windet sich sogar aus ihrer Umarmung. Auch das noch, denkt Jan; jetzt hat Timo sicher Angst, dass Debby nur mit ihm spielt. Aber ihr Gesicht spricht Bände, die ist total verknallt!
Ach, die beiden können mir gestohlen bleiben, denkt Jan und fährt weiter. Trotzdem gehen sie ihm nicht aus dem Kopf. Wieso ist Timo so zurückhaltend? Ist er überhaupt in Debby verliebt? Jan ärgert sich über sich selbst: Warum ist er bei allem, was Debby angeht, misstrauisch? Als ob er nicht schon genug am Hals hätte. Er sollte Detektiv werden, dann kann er hinter allem und jedem her sein: hinter Melissa und Jim und auch hinter Debby und Timo! Er biegt um die Ecke und verspricht sich selbst, nicht mehr daran zu denken.

Als Jan die Zimmertür öffnet, merkt er sofort, dass etwas in der Luft liegt. Der Fernseher ist ausgeschaltet, sein Vater tigert im Zimmer auf und ab und seine Mutter sitzt verkrampft auf dem Sofa.
»Wo kommst du her?«, legt sein Vater sofort los. »Du brauchst dir keine Ausrede auszudenken, wir wissen, dass du nicht bei Fleur warst.«
Shit! Sie sind dahintergekommen. Trotzdem erscheint es Jan klüger, nicht die Wahrheit zu sagen. »Sorry, ich habe gelogen, aber ich kann euch nicht erzählen, wo ich gewesen bin.«

»Nein, natürlich nicht.« Die Stimme seines Vaters klingt spottend. »Das konnte Melissa auch nicht.«
»Melissa?« Jan versteht den Vergleich mit ihr nicht. »Das ist etwas ganz anderes!«
»Warum tut ihr das?« Jan merkt, wie sich seine Mutter bemüht, ruhig zu bleiben. »Ich dachte, ihr seid vernünftige junge Leute. Warum steuert ihr geradewegs in euer Unglück?«
Jan sieht seine Eltern entgeistert an. »Ich kapier nicht, wovon ihr redet.«
Jetzt kann sich sein Vater nicht mehr beherrschen. »Du brauchst uns nichts vorzumachen!«, schreit er. »Melissa ist nicht die Einzige aus eurer Clique, die Drogen nimmt. Verdammt noch mal!« Sein Vater schlägt mit der Faust auf den Tisch. »Und das ist mein Sohn!«
Erst jetzt wird Jan klar, was seine Eltern denken. »Ihr irrt euch. Außer Melissa nimmt von uns niemand Drogen.«
»Ach ja?«, fragt sein Vater immer noch ganz aufgebracht. »Und warum dürfen wir dann nicht wissen, wo ihr gewesen seid?«
Jan merkt, dass er mit Ausflüchten nicht weiterkommt. »Also gut, wenn du's unbedingt wissen willst: Wir waren bei diesem Jim und haben ihm gesagt, dass er Melissa in Ruhe lassen soll.« Als von seinen Eltern keine Reaktion kommt, fragt er: »Glaubt ihr mir etwa nicht?«
»Nein, Junge.« Jans Mutter schüttelt traurig den Kopf. »Wir können dir nicht glauben.«
»Ich habe nicht vor, tatenlos zuzusehen, wie mein Sohn ins Verderben rennt«, sagt sein Vater.

»Das ist nicht euer Ernst?« Jan ist entsetzt. »Ihr glaubt echt, dass ich lüge!«
Sein Vater nickt. »Bei Melissa war es doch genauso, die hatte auch lauter Ausreden auf Lager. Ihr müsst von diesem Zeug loskommen, alle! Morgen habe ich ein Gespräch mit van Tongeren. Ihr müsst getrennt werden, das steht fest.«
Was sagt sein Vater da? »Du musst mir glauben. Ich habe noch nie etwas genommen!«
»Das hat Melissa auch behauptet. Erspar mir deine Lügen, Junge. Es ist schon schlimm genug.«
Jetzt wird Jan wütend. »Ihr seid übergeschnappt, wisst ihr das?! Komplett übergeschnappt!« Er rennt in sein Zimmer.
Jan fühlt sich so machtlos. Wie soll er beweisen, dass der Verdacht seiner Eltern unbegründet ist? In Sekundenschnelle sieht er vor sich, was ihm und seinen Freunden blüht: Ihre Clique auseinandergerissen, keine gemeinsame *Tiener-Tour* im Sommer, nicht nach Kreta. Und das alles wegen Melissa . . .
Jan lässt sich aufs Bett fallen. Wären sie doch bloß nie zu diesem Jim gegangen. Spielt mal schön draußen weiter, hört er Jim in Gedanken sagen. Er hat recht, das hätte er besser tun sollen: draußen spielen.

16.

Seht ihr«, sagt Debby, als sie am nächsten Morgen von Fleur und Jan hört, was passiert ist. »Das habe ich doch gleich gesagt! Wenn es nach Kevin und mir gegangen wäre, wäre Melissa schon längst aus unserer Clique geflogen. Aber ihr wolltet sie ja unbedingt ›retten‹. Mann, seid ihr naiv! Jemand, der Drogen nimmt, ist nicht zu retten! Und, was habt ihr erreicht? Demnächst sitzen wir alle in verschiedenen Klassen – echt super!«

Jan seufzt. Das hat ihm gerade noch gefehlt: eine Standpauke von Debby. Wo er sowieso schon schlechte Laune hat. Als er gestern Abend im Bett lag, kamen alle Bilder des Tages wieder hoch – besonders lustig waren die nicht. Zuerst sah er Jim vor sich und dann Melissa, wie sie versuchte, aus Renés Jackentasche Geld zu klauen. Danach die besorgten Gesichter seiner Eltern und zu allem Überfluss sah er auch noch Melissas Zettel, auf dem HELP stand. An Schlaf war nicht mehr zu denken. Den Rest der Nacht hatte er sich mit der Tatsache herumgeschlagen, Melissa nicht helfen zu können, obwohl sie in der Scheiße steckt. Aber das kümmert Debby einen Dreck. Die denkt nur an sich selbst.

Als ob das nicht schon schlimm genug wäre, fängt Kevin jetzt auch noch an. »Vielleicht müssen wir alle abgehen. Wirklich guter Start, wenn man in seiner neuen Klasse den Ruf eines Junkies hat. Vielen Dank, Melissa.«

»Wo steckt sie eigentlich?«, fragt Debby.
»Keine Ahnung«, antwortet Jan. »Gestern hat sie doch ihr Vater gebracht.«
»Da kommt sie.« Fleur zeigt zur Hecke. Jan erschrickt, als er Melissa sieht. Sie ist blass und hat Ringe unter den Augen.
»Wie geht's dir?«, fragt er sie besorgt.
»Ich weiß nicht. Ich habe mich noch nie so elend gefühlt. Gestern Abend hatte ich ein ziemlich heftiges Gespräch mit meinen Eltern – ich habe selbst angefangen. Und eigentlich will ich euch dasselbe sagen: Es tut mir alles schrecklich leid und ich höre mit allem auf. Das meine ich ernst!«
»Das glaubst du doch selbst nicht«, meint Debby.
Melissa sieht zu Boden. »Ich muss! Sonst werd ich verrückt.« Ihre Stimme überschlägt sich.
Jan und Fleur tut sie leid. Sie sieht so verzweifelt aus! Aber Debby lacht Melissa aus. »Übrigens, ich möchte mich noch bedanken, für das, was du uns eingebrockt hast!« Melissa sieht Jan erschrocken an. Hat er verraten, dass sie klauen wollte? Bevor sie sich verplappern kann, sagt er schnell: »Ja, eh, das weißt du noch nicht. Fleur und ich woll-ten gestern etwas für dich tun.« Und er erzählt so ruhig wie möglich, was passiert ist.
Melissa fühlt sich wirklich furchtbar schuldig. »Sorry, sorry, sorry«, sagt sie ein paar Mal hintereinander und es scheint, als würde sie jeden Moment in Tränen ausbrechen.
»Was heißt hier ›sorry‹?«, meint Debby. »Das hättest du dir vorher überlegen sollen.«
Melissa sieht ihnen in die Augen. »Ich will versuchen, es wiedergutzumachen. Ich werde mit van Tongeren reden. Ich

sage ihm alles so, wie's war. Dann habt ihr nichts mehr damit zu tun.«
»Mach das lieber nicht«, sagt Jan.
Fleur findet es auch nicht vernünftig. »Du hörst doch jetzt auf, was zu nehmen. Ich glaube nicht, dass es schlau ist, wenn er alles erfährt. Nachher schmeißt er dich von der Schule.«
»Na und?«, sagt Debby. »Dann hat sie halt Pech gehabt.«
»Debby hat recht«, sagt Melissa schnell, bevor Jan wütend dazwischenreden kann. »Wenn ich von der Schule fliege, dann ist das meine eigene Schuld. Heute ist allerdings wirklich ein blöder Tag dafür.«
»Wie meinst du das?«, fragt Jan.
»Heute Nachmittag will Rob Houtenbos den Videoclip aufnehmen.«
»Hat er angerufen?«
Als Melissa zu erzählen beginnt, geht Debby demonstrativ ein Stück zur Seite. Es ist mehr als deutlich, dass sie sich nicht mehr für Melissa und ihr Leben interessiert. Sie versucht, Kevin mitzuziehen, aber der geht darauf nicht ein. Melissa hat davon nichts gemerkt. Sie erzählt, wie Rob gestern anrief, um einen Termin für nächste Woche zu vereinbaren. Sie hatte ihn gefragt, ob es nicht schon heute ginge. Am späten Nachmittag nämlich bekommt ihre Oma die Ergebnisse der Untersuchung mitgeteilt, ihre Eltern werden dabei sein. Melissa kann also ungehindert verschwinden. Zum Glück konnten Jim und die anderen heute auch. Melissa will den Videoclip so lange vor ihren Eltern verheimlichen, bis er gesendet wird.

»Glaubst du, du schaffst es heute?« Jan sieht sie besorgt an. So, wie sie im Moment aussieht, kann sie unmöglich tanzen.
Melissa seufzt. »Ich weiß es nicht. Ich weiß überhaupt nichts mehr! Aber wenn ich jetzt nicht hingehe, ist dieses ganze Elend umsonst gewesen.« Sie schweigt für einen Moment und sieht Jan dann hoffnungsvoll an. »Ich wollte dich fragen, ob du mitkommst?«
Darüber muss Jan keine Sekunde nachdenken. Er lässt sie jetzt, da sie seine Hilfe dringend braucht, sicher nicht im Stich. »Das hängt natürlich noch davon ab, was van Tongeren mit uns vorhat«, sagt er.
»Ich geh zu ihm«, verspricht Melissa.
»Hauptsache, er schmeißt dich nicht von der Schule . . .«, sagt Jan. Dann wäre ihm noch lieber, sie würden auf unterschiedliche Klassen verteilt. Außerdem könnte Melissa das zurzeit auf keinen Fall verkraften. Sie versucht zwar, nach außen hin ruhig zu erscheinen, aber tief im Innern geht es ihr schlecht, da ist er sich sicher.
»Ich glaube nicht, dass van Tongeren dich von der Schule schmeißt«, sagt Fleur zu Melissa. »Schon gar nicht, wenn du ihm erzählst, dass alles mit dem Clip angefangen hat. Und du musst ihm sagen, dass du jetzt einsiehst, was für einen Mist du gebaut hast und dass du jetzt mit dem Zeug aufhören willst.« Fleur sieht ihrer Freundin ernst in die Augen. »Das stimmt doch? Du meinst es doch ernst, dass du aufhörst damit?«
Melissa nickt traurig. »Ich muss! Ich will mich so schnell wie möglich wieder besser fühlen. Ehrlich, das ist nicht auszuhalten.«

Jan ist beruhigt. Was Fleur sagt, stimmt: Alles hat mit dem Clip angefangen. Und wenn van Tongeren Melissa sieht, wird er ihr sicher glauben. So was saugt man sich doch nicht aus den Fingern!

Melissa hält ihr Versprechen. Während der Niederländischstunde hebt sie ihren Finger. »Darf ich zu Herrn van Tongeren gehen? Ich muss etwas mit ihm besprechen.«
»Natürlich«, sagt Annelies. »Doch nichts Ernstes, hoffe ich?«
»Ein bisschen«, sagt Melissa und schon springen ihr die Tränen in die Augen.
»Sie hat was Blödes gemacht«, sagt Jan, »und dafür bekommen jetzt wir alle die Schuld. Das wird sie richtigstellen.«
»Etwas Blödes gemacht?« Debby springt sofort darauf an. »Das finde ich milde ausgedrückt. Sie hat uns alle reingezogen!«
Jan verteidigt Melissa. »Das stimmt nicht!«
»Ach, nein?«
»Schluss jetzt«, fährt Annelies dazwischen. »Offensichtlich gibt es Probleme. Wenn ihr darüber reden wollt – ihr wisst, wo ihr mich finden könnt.«
»Von mir aus müssen wir nicht reden«, sagt Debby.
Herr van Haringen wäre sicher sofort beleidigt gewesen, aber Annelies Melgers bleibt ruhig. »Man kann nie wissen. Am besten ist es natürlich, ihr löst eure Probleme alleine, aber falls ihr nicht weiterkommt, bin ich für euch da. Seht es wie ein Angebot. Geh ruhig, Melissa, viel Erfolg.«
Jan sieht Melissa hinterher. Er muss an gestern denken, als Melissa angeblich auf die Toilette wollte. Plötzlich be-

kommt er ein ungutes Gefühl. Sie wird doch nicht wieder klauen? Sie hat zwar gesagt, dass sie mit allem aufhört, aber in letzter Zeit behauptet sie eine ganze Menge. In Gedanken sieht er Melissa vor sich, wie sie sagt »Ich muss . . . Das ist nicht auszuhalten . . .« , und dann weiß er es sicher: Es ist keine Ausrede. Sie meint es ernst!

Jan hofft, dass van Tongeren fair ist. Bei dem weiß man nie, oft hängt es von seiner Stimmung ab. Vielleicht ist er ja auch in einer Sitzung und Melissa kann ihn gar nicht sprechen. Als Melissa nach zehn Minuten noch nicht zurück ist, glaubt Jan sicher, dass sie beim Direktor ist. Er fragt sich, wie es wohl läuft. Fleur war zwar optimistisch, aber das muss nichts heißen. Um sich die Zeit zu vertreiben, zeichnet er in seinem Heft herum.

Jan ist nicht der Einzige, der sich Sorgen macht. Fleur rutscht die ganze Zeit auf ihrem Stuhl hin und her.

Jetzt ist Melissa schon seit zwanzig Minuten beim Direktor. Ob das ein gutes Zeichen ist? Meistens ist van Tongeren nicht so redselig. Jan wird unruhig. Und was, wenn van Tongeren so sauer auf Melissa geworden ist, dass sie gleich zu Jim flüchtet, um neue Pillen zu holen? Und er sitzt hier rum und wartet. Jan zögert keine Sekunde. Er sagt, dass er zur Toilette muss und steht auf. Fleur hat wahrscheinlich erraten, was Jan vorhat, und hebt ebenfalls die Hand. Sieh an, denkt Jan, sie traut dem Braten auch nicht.

Als Jan bei der Tür des Direktorzimmers ist, sieht er die rote Lampe leuchten. Das bedeutet, dass jemand drinnen ist. Aber wer? Jan drückt sein Ohr an die Tür. Ein Glück, er erkennt Melissas Stimme.

Er versucht zu verstehen, was sie sagt, aber da hört er Schritte hinter sich. Jan springt schnell zurück.
»Bist du auch rausgeschickt worden?« Jan sieht in das Gesicht von Timo.
»Nein.« Jan hat keine Lust, Timo zu erzählen, warum er hier ist.
»Ich hoffe, er hat gute Laune«, sagt Timo. »Es ist schon das zweite Mal in dieser Woche, dass ich zum Direktor geschickt werde.«
»Von wem?«
»Sauerkraut.«
»Ach, das ist nicht so schwierig«, meint Jan. »Man braucht nur tief Luft zu holen und schon schickt sie einen nach draußen.«
»Ach ja«, sagt Timo, als Jan gehen will, »würdest du Debby diesen Brief geben?«
»Kannst du es ihr nicht einfach sagen? Sie ist auf dieser Schule, oder nicht?«
»Das habe ich schon zwei Mal gemacht«, sagt Timo. »Ohne Erfolg. Deswegen habe ich es jetzt aufgeschrieben.«
Der lässt wirklich nicht locker, denkt Jan. Debby hat doch schon oft genug gesagt, dass sie nicht in dich verliebt ist. Was willst du denn mit dem Brief erreichen? Oder ist es irgend so ein romantisches Gedicht? Na ja, wenn Jan an gestern Abend denkt, wundert es ihn nicht, dass sich Timo Hoffnungen macht.
»Gib her.« Jan nimmt den Brief an sich. Als er geht, hat er wieder dieses merkwürdige Gefühl. Immer, wenn er ihn sieht, merkt er, dass er Timo gut leiden kann. Aber weil der

so mies zu Fleur war, will Jan nicht allzu nett zu ihm sein. Jan wirft einen Blick auf den Brief, er darf nicht vergessen, ihn abzugeben. Zur Sicherheit steckt er ihn in seine Brusttasche, dann kann ihn jeder sehen.

Wenn er das geahnt hätte, wäre Jan noch kurz vor der Tür von Herrn van Tongeren stehen geblieben. Er sitzt noch nicht wieder richtig auf seinem Platz, als Melissa hereinkommt. Jan kann an ihrem Gesicht sehen, dass sie geweint hat. Er fragt lieber nichts, sonst fängt sie vielleicht wieder an. Fleur sitzt genau wie er auf heißen Kohlen. Immer wieder sieht sie auf die Uhr. Sobald es klingelt, umringen sie Melissa. »Was hat van Tongeren gesagt?«
Melissa zuckt mit den Schultern. »Schön war's nicht. Vorerst behalten sie mich im Auge. Nächste Woche muss ich wieder zu ihm kommen. Und . . . also er ruft eure Eltern an, dass es ein Missverständnis war.«
»Super«, sagt Kevin. »Es fliegt also niemand von der Schule!«
Jan merkt, dass sich Melissa Mühe gibt, fröhlich zu wirken.
»Okay, ich geb einen aus, einverstanden?«
Fleur, Kevin und Jan wollen eine Cola.
»Und du, Debby?«, fragt Melissa.
»Nein danke. Ich will nichts. Passt lieber auf, sonst mixt sie euch noch was in die Cola.«
Eine bescheuerte Antwort, findet Jan, und als er Melissas trauriges Gesicht sieht, wird er noch wütender. »Du kannst einem wirklich alles versauen, oder?«
Debby steht auf, nimmt ihre Zigaretten und geht nach draußen.

»Keine Antwort ist auch 'ne Antwort!«, sagt Jan und dreht sich zu Melissa um. »Alles in Ordnung?«
»Schon gut.« Melissa beißt sich auf die Lippe.
»Ich komme heute Nachmittag mit«, sagt Jan.
»So, so!«, zieht ihn Kevin auf. »Und was sagt deine Liebste dazu, Jan?«
Fleur fällt darauf rein. »Du hast dich verliebt?«
»Sieh doch«, sagt Kevin, »er hat einen Liebesbrief in seiner Tasche.« Und bevor Jan etwas tun kann, fischt Kevin den Brief aus seiner Brusttasche.
»Gib her«, sagt Jan. »Der ist für Debby.«
»Oh, noch jemand, der in Debby verknallt ist.« Kevin faltet den Brief auseinander und liest vor: *»Hallo, Debby, ich wollte noch etwas zu unserem Gespräch von gestern Abend sagen. Ich wollte dir nicht wehtun. Ich möchte sehr gerne mit dir befreundet sein. Aber verliebt bin ich nun einmal nicht in dich. Ich muss noch immer an Fleur denken, und das wird in der nächsten Zeit auch so bleiben. Timo.«*
»Was . . .« Kevin sieht Jan an. »Wie kommst du an diesen Brief?«
»Von Timo.«
Fleur ist sprachlos. Sie will mit dem Brief hinter Debby herlaufen, aber Jan hält sie zurück. »Ich glaube es wird Zeit, mit Timo zu reden.«
»Wie ist das möglich?«, fragt Fleur verwirrt. »Wie kann er immer noch in mich verliebt sein? Er hat doch Debby gefragt, ob sie mit ihm gehen will?«
»Woher weißt du das eigentlich?«, fragt Kevin.
»Von Debby«, sagt Fleur. »Ihr wart doch dabei? Oder . . .

Nein, ihr glaubt doch nicht etwa ... Das kann nicht sein! Er hatte schließlich selbst an dem Samstag abgesagt. Wisst ihr noch? Angeblich war er damals krank, aber Debby durfte ihn trotzdem besuchen.«
Jan hält Fleur den Mund zu. »Mitkommen.« Er zieht Fleur am Arm mit sich. »Timo«, ruft er. »Fleur möchte unbedingt mit dir reden.«

17.

Jan beobachtet Timo, der mit strahlenden Augen Fleurs Hand hält, und stubst seine Freunde an. »Das ist wirklich unglaublich. Seht euch die beiden an: Die haben sich wirklich gefunden.«

Auch Kevin und Melissa sind verwundert. »Sieht aus, als ob es nie aus gewesen wäre.« Als Debby die Pausenhalle betritt, wird es still. Dass etwas nicht stimmt, ist deutlich zu merken.

»Was ist denn das für eine Beerdigungsstimmung?« Debby legt ihr Feuerzeug auf den Tisch. »Wo steckt Fleur eigentlich?«

»Dahinten.« Kevin zeigt zum Tresen.

Debby wird rot, als sie Fleur und Timo zusammen sieht, aber sie hat sich sofort wieder im Griff. »Ach, wie süß, die zwei. Vielleicht wird es ja wieder was mit den beiden. Das wäre Fleur zu wünschen.«

Sie wissen nicht, was sie davon halten sollen. Wenn Debby nicht meint, was sie sagt, ist sie eine verdammt gute Schauspielerin! Es besteht kein Zweifel, Fleur und Timo sind wieder ein Paar. Fleur hat ihren Arm um Timo gelegt und küsst ihn. Strahlend kommen die beiden zu ihnen.

»Wir sind wieder zusammen, oder, Timo?« Fleur gibt ihm einen Kuss.

»Was du nicht sagst!« Natürlich werden sie von den anderen

aufgezogen. Fleur muss lachen, aber als sie Debby bemerkt, schlägt ihr Stimmung schlagartig um. »Warum hast du das getan?«

»Wie meinst du das?«

»Du bist schuld, dass wir Schluss gemacht haben!«

»Ich bin schuld? Das ist doch nicht dein Ernst?« Debby sieht aus, als hätte sie keine Ahnung, wovon Fleur redet.

»Weißt du noch, dass Timo mir abgesagt hat, als wir nach Amsterdam wollten?« Fleurs Stimme zittert.

»Als er sich angeblich nicht wohlfühlte?«, fragt Debby spöttisch.

»Genau! Das war deine Schuld. Warum hast du Timo erzählt, ich finde, er könne nicht küssen?«

Debby tut, als ob sie angestrengt nachdenkt. »Ach, das . . .«, sagt sie leichthin. »Das war ein Witz. Hat Timo das etwa ernst genommen?«

»Ein Witz?«, ruft Timo. »Das finde ich überhaupt nicht witzig!«

»Du hast uns auch erzählt, dass er in dich verliebt ist.« Fleur ist noch nicht fertig.

»Ach, Mensch. Stell dich nicht so an!«, faucht Debby. »Du musst doch nicht alles ernst nehmen, was ich sage. Leg doch nicht alles auf die Goldwaage.«

»Ach nein? Zufälligerweise ist dadurch beinah unsere Beziehung kaputtgegangen.« Fleur ist stinksauer.

»Oh, na dann entschuldige bitte!« Debby macht ihr Feuerzeug ein paar Mal an und aus. »Reg dich doch nicht so auf. Es ist ja alles wieder in Ordnung.«

»Zum Glück!« Timo zieht Fleur in seine Arme. Er ist so froh, dass sie sich wieder vertragen haben. Was Debby jetzt noch zu sagen hat, ist ihm egal.

Aber Fleur fühlt sich hintergangen. »Ich dachte, du bist meine Freundin! Timo hatte Jan einen Brief für dich gegeben. Zum Glück habe ich den Brief gelesen.«

»Ach komm, jetzt reicht's.« Debby legt ihren Arm um Fleur. »Ihr werdet sicher sehr glücklich miteinander.«

Für einen Moment scheint es, als ob Fleur Debby verzeihen würde, aber dann schüttelt sie den Arm von sich ab. »Lass mich los.«

»Oh, wir sind aber eingeschnappt!«, sagt Debby. »Also sag schon: Was muss ich tun, damit du mir verzeihst?«

»Das verzeih ich dir nie! Du kannst mir gestohlen bleiben.«

Debby sieht die anderen an, aber keiner ergreift für sie Partei. Nicht einmal Kevin. Sie hofft, dass Fleur es sich anders überlegt, aber als die keine Anstalten macht, irgendetwas zurückzunehmen, bekommt ihr Gesicht einen heimtückischen Ausdruck.

Wütend sieht sie Jan an. »Das ist alles deine Schuld. Du hast den Brief absichtlich rumgezeigt. Das wird dir noch leidtun, du kleines Würstchen!« Sie läuft weg.

»Die hat sie wohl nicht mehr alle!« Jan verzieht das Gesicht. »Ich weiß nicht, was ihr davon haltet, aber ich kann auf ihre Gesellschaft verzichten.«

»Wir nicht, was, Schatz?« Fleur küsst Timo auf den Hals.

Timo nickt. »Wir fragen sie, ob sie Brautjungfer bei unserer Hochzeit sein möchte.«

»Dann vergiftet sie den Brautstrauß!«, warnt Jan.

Melissa sieht zu Debby hinüber, die mit ein paar anderen

tuschelt. »Sie wird sicher etwas gegen uns aushecken. Wenn unsere Reifen platt sind, wissen wir, wem wir das zu verdanken haben.«
Kevin erschrickt. »Hauptsache, sie lässt ihre Pfoten von meinem BMX.«
»Ich würde es mit in den Klassenraum nehmen«, grinst Jan. »Dann kannst du es im Auge behalten.«
»Wenn das mein Fahrrad wäre, würde ich es nicht draußen stehen lassen«, setzt Fleur noch einen drauf.
»Echt?« Kevin starrt sie an. Für eine Sekunde sieht es so aus, als wolle er wirklich sein Rad holen gehen.

Debby hat nicht lange gefackelt und sich sofort gerächt. Als die anderen in den Klassenraum kommen, sieht jeder Melissa an.
»Für Junkies verboten«, sagt Margo.
»Kein Wunder, dass du mit der nichts mehr zu tun haben willst, Debby«, sagt Linda so laut, dass Melissa es garantiert hören kann. Angelique packt demonstrativ ihre Sachen und setzt sich neben René. Jan kann die entstandene Spannung regelrecht fühlen und merkt, dass sich Melissa nicht zu helfen weiß. Er wünschte, er könne ihr helfen, aber wie? Debby hat die Klasse gegen Melissa aufgehetzt, das ist nicht mehr zu ändern.
Leider haben sie jetzt ausgerechnet van Haringen. Natürlich merkt der, dass etwas nicht stimmt, aber er will nicht darauf eingehen. Das sei Zeitverschwendung, findet er. »Ich werde fürs Unterrichten bezahlt«, lautet sein Standardspruch, »und nicht um Kindermädchen zu spielen.«

Jan weiß genau: Anneliese Melgers hätte es nicht auf sich beruhen lassen, wenn sie diese irrsinnige Spannung bemerkt hätte. Sie würde garantiert wissen wollen, was los ist.

Nach einer Viertelstunde steht Melissa auf, um zur Toilette zu gehen. Debby rollt ihren Ärmel hoch und tut so, als ob sie sich spritzen würde. Das wirkt, die halbe Klasse fängt zu lachen an.

»Man merkt, dass Debby das nicht zum ersten Mal macht«, kontert Kevin. »Sieht echt professionell aus.«

Van Haringen sieht Kevin an. »Darf ich erfahren, Herr Groenhart, was hier so professionell ist?«

»Oh, ähm . . . Ihre Art zu unterrichten natürlich«, antwortet Kevin schnell. Jan rechnet damit, dass Kevin nach draußen geschickt wird, aber Herr van Haringen kann mit dieser Bemerkung nichts anfangen. Er zuckt mit den Schultern und fährt mit dem Unterricht fort.

Super, van Haringen, denkt Jan. Du bist echt klasse! Einfach weitermachen, dafür wirst du bezahlt. Er sieht zur Tür, die geöffnet wird. Er ist überrascht, dass Melissa zurückkommt. Er weiß nicht, ob er den Mut dazu gehabt hätte.

Aber ihr macht das alles ganz schön zu schaffen. Als sie zur nächsten Stunde gehen, fängt sie beinah zu weinen an.

»Jan versucht, sie zu trösten. »Mach dir nichts draus!«

»Fleur tickt auf Melissas Armbanduhr. »In zwei Stunden stehst du im Scheinwerferlicht, das ist doch viel wichtiger. Wart mal ab, wie stolz die alle sein werden, wenn sie dich im Fernsehen sehn. Wetten, dass Angelique dann wieder neben dir sitzen will?«

Aber die Aufbaukur ihrer Freunde hilft nicht wirklich. Melis-

sa schüttelt traurig den Kopf. »Ich hab mir das selbst eingebrockt. Ich bin eine Niete . . .«
»Sei still!« Fleur legt ihre Hand auf Melissas Mund. »Du bist jetzt meine einzige Freundin und die darf nicht so über sich reden.«
Zögernd geht Melissa in den Physiksaal. Jan sieht es schon von Weitem: Auf Melissas Tisch liegt ein Prospekt über Drogen. Die Stänkerei ist noch nicht vorbei.

»Zum Glück darf ich bei dem Clip mitmachen«, sagt Melissa auf dem Weg zum Studio. »So gibt es wenigstens etwas, auf das ich stolz sein kann.«
»Morgen geht's dir sicher viel besser«, meint Jan.
»Ich wünschte, der Clip käme schon im Fernsehen, dann könnte ich meine Eltern überraschen. Ich würde nichts verraten, nur sagen, dass sie den Fernseher anschalten sollen. Und dann sehen sie mich plötzlich. Ich bin sicher, sie werden total stolz sein. Selbst mein Vater, der immer alles besser weiß.«
»Hast du eine Ahnung, wann es laufen wird?«
»Lass uns lieber hier rechts abbiegen.« Melissa streckt den Arm aus. »Rob sagt, dass der Clip in zehn Tagen geschnitten ist.«
»So schnell?« Jan hätte gedacht, dass so etwas viel länger dauert.
»Es muss!«, antwortet Melissa. »In zwei Wochen soll der Clip gesendet werden. Bei TMF.«
»Wow! An dem Abend sitz ich neben dir auf dem Sofa. Ich will zu gern die Gesichter deiner Eltern sehen. Weißt du,

was wir machen? Wir nehmen's auf und zeigen es während der Niederländischstunde. Wetten, dass die miese Stimmungsmache sofort aufhört und die Klasse eine Kehrtwendung um 180 Grad macht?!«

»Ich hoff's«, seufzt Melissa. »Diese Stänkerei ist nicht auszuhalten.«

»Ein Racheakt unserer Freundin Debby. Sie hat mich gewarnt.«

»Ich kapier nicht, warum wir uns mit der überhaupt abgegeben haben.«

Je näher sie dem Studio kommen, desto langsamer fährt Melissa.

»Hast du Schiss?«, fragt Jan.

Melissa nickt. »Und wie! Ich hab zwar die ganze Zeit getanzt, aber da hatte ich auch was genommen.«

»Du wirst doch jetzt nichts nehmen?« Jan ist entsetzt.

»Hör zu«, sagt Melissa vor der roten Ampel und legt ihre Hand auf Jans. »Ich nehme eine einzige Pille, die allerletzte. Die brauche ich, sonst klappt's nicht. Nun guck doch nicht so entgeistert . . . Es geht jetzt schließlich um den Clip. Vor einer Prüfung nehmen viele Leute doch auch was.«

»Jaja«, sagt Jan, »und morgen brauchst du auch wieder eine und übermorgen auch. So kommst du von dem Zeug nie runter.«

»Ab morgen nehm ich wirklich nichts mehr.« Melissa hebt zwei Finger schwörend in die Luft.

Jan denkt nach. Es stimmt, was Melissa sagt, es geht jetzt um den Clip.

»Wenn du wirklich glaubst, du tanzt dadurch besser, dann mach's.«

Als sie ihre Räder an den Zaun lehnen, kommt Jim auf seinem Roller angefahren.
»Hey, lange nicht gesehen«, sagt er zu Jan.
Er kommt nicht dazu, Melissa zu begrüßen, die fällt gleich mit der Tür ins Haus. »Ich, ähm, ich brauche was. Geht das hier oder sollen wir reingehen?«
Jim sieht sie genervt an. »Was bildest du dir eigentlich ein? Glaubst du, Rob Houtenbos ist blöd? Wenn der das merkt, fliegst du raus und ich mit dir. Nein danke, so bescheuert bin ich nicht. Du musst echt clean sein, Melissa, sorry!«
Melissa erschrickt. »Das kann ich nicht, ich habe nie mehr ohne getanzt. Ich weiß noch nicht mal, ob ich mich das trau.«
»Kopf hoch! Du machst das schon.« Jim geht rein.
Jan folgt Melissa. Er bezweifelt, dass es klappen wird. Melissa ist total panisch. Er versucht, sie zu ermutigen: »Mach dich nicht verrückt. Beim ersten Mal hattest du auch nichts genommen. Da hat es doch auch geklappt.«
Melissa nickt. »Aber das war was anderes, da wusste ich noch nicht, wie sicher man sich fühlen kann.«
Jan sieht Katy und Ron, denen es scheinbar supergut geht. Selbstbewusst folgen sie Jim in den Schminkraum. Ihre Kostüme haben sie bereits an.
»Ah, da bist du ja, Melissa. Und pünktlich!« Rob Houtenbos steht im Türrahmen.
»Ich weiß nicht, ob's klappt«, sagt Melissa.
»Aber sicher.« Rob schlägt ihr ermunternd auf die Schulter. »Mach dir keine Sorgen, du tanzt perfekt. Ich habe dich nicht umsonst genommen. Dort hängt dein Kostüm. Geh in die Maske, dann können wir anfangen.«

Jan setzt sich ins Studio. Als Melissa reinkommt, fällt er beinah vom Stuhl. Sie sieht toll aus.
»So, Kinder«, sagt Rob, als auch Jim fertig ist. »Michael, der da oben steht, spielt gleich die Musik ab. Wir nehmen noch nichts auf. Was ist mit dir Katy?«, brüllt er. »Machst du mit oder was ist?« Jan fällt wieder die stressige Atmosphäre auf, genau wie beim ersten Mal.
»Kann jetzt bitte jeder seine Klappe halten?«, schreit Rob. »Jim, du bist nur im ersten Teil dran. Wir fangen mit dir an. Fertig!«
Sobald die Musik ertönt, fängt Jim an zu tanzen.
»Stopp!«, unterbricht ihn Rob. »Perfekt! Wir nehmen sofort auf, Michael, dann kann Jim abhauen.«
Die Lampen gehen an. Jan beobachtet, wie die Kameraleute dichter heranfahren. Überall liegen Kabel herum. Es dauert eine Weile, bevor das Licht richtig eingestellt ist und die Lautstärke stimmt. Dann kann Jim anfangen.
Verrückt, denkt Jan, als Jim fertig ist, jetzt ist es im Kasten.
»Sehr schön«, meint Rob. »Jetzt ihr drei. Das wird wahrscheinlich etwas länger dauern. *One, two . . .«* Bei *»three«* fangen sie zu tanzen an. Jan beobachtet Melissa, sie ist ziemlich nervös.
»Stopp! Was ist mit dir los, Melissa? Ich hab mir schon so was gedacht, als du reingekommen bist, Mädchen. Da kommt ja gar nichts rüber. Ein bisschen lockerer, bitte. Nicht so spastisch, ja?« Rob gibt Michael ein Zeichen, die Musik wird abgefahren. Melissa hat noch keine zehn Sekunden getanzt, als Rob erneut anfängt, sich aufzuregen. »Tanzen, sagte ich! Was ist das für ein Gewurschtel? Noch mal!«

Melissa tut ihr Bestes, um sich zu konzentrieren. Jan findet, dass es schon viel besser geht, aber Rob sieht das anders.

»Hör auf«, ruft er. »Du bist mal gut gewesen, Mädchen. Aber was du jetzt bietest, kann ich absolut nicht gebrauchen.«

»Heute klappt es einfach nicht.«

»Na dann, prost Mahlzeit! Wenn ich das gewusst hätte ... – ich hätte noch jemand herbestellen können. Dann müsst ihr es jetzt zu zweit schaffen.«

Melissa erschrickt. »Darf ich es nicht noch einmal versuchen?«

»Hast du nicht gehört, was ich gesagt habe? Ich kann es mir nicht leisten, noch mehr Zeit zu verplempern. Geh lieber kellnern, anstatt zu tanzen, das scheint mir sinnvoller. Also los, Kinder. *The show must go on.* Ruhe jetzt.«

Jan lässt Melissa keine Sekunde aus den Augen. Sie sieht aus, als würde sie jeden Moment zusammenbrechen. Vollkommen verstört geht sie die Treppe hinunter. »Ich darf nicht mitmachen«, murmelt sie. »Ich darf nicht beim Clip mitmachen.«

Jan hat keine Ahnung, wie er sie trösten kann. »Komm, zieh dich schnell um und dann lass uns nach draußen gehen. Frische Luft hilft meistens.«

»Nein«, sagt Melissa. »Gar nichts wird helfen.«

Als sie wenig später nach draußen gehen, kommt Jim auf sie zu. »Das sieht nicht gut aus, Lady. Schaffst du's?«

Melissa schüttelt den Kopf, während Jim das Schloss von seinem Roller aufschließt.

»Du weißt, dass es etwas dagegen gibt, nicht wahr?«, sagt

er. »Du brauchst nur hinten aufzusteigen und ich bringe dich hin.«

»Nein!«, platzt Jan dazwischen. »Das darf sie nicht. Melissa, komm mit, wir gehen nach Hause.«

Melissa sieht Jan an. »Ich würde wirklich gerne mit dir mitkommen«, sagt sie. »Aber ich kann nicht, wirklich nicht . . .«

»Spring auf.« Jim drückt einen Helm auf Melissas Kopf.

»Jan versucht, Melissa aufzuhalten, aber sie steigt trotzdem auf.

»Melissa, tu's nicht!«, ruft Jan. »Der Clip ist doch egal!«

»Als Jim von der Bordsteinkante auf die Straße rollt, dreht sich Melissa um und sieht Jan an. Tränen laufen über ihr Gesicht. Sie sieht ihm nach, bis Jim um die Ecke biegt. Dann ist sie verschwunden.

18.

Jan spürt es deutlich, als er Melissa wegfahren sieht: Er hat sie verloren. Aber nicht nur er – alle haben sie verloren: Kevin, Fleur und ihre Eltern. Die Ereignisse von heute rasen ihm durch den Kopf: die Stänkerei der Klasse, das Gemecker von Rob und dann der Rauswurf aus dem Videoclip. Es ist Melissa zu viel geworden. Und er kann ihr auch nicht helfen. Sie hat Angst vor der Traurigkeit und kennt ein Mittel, das angeblich alle Sorgen nimmt.

Jan überlegt einen Moment lang, Melissa hinterherzufahren, aber das hätte keinen Zweck. Wenn er bei Jim ankäme, wäre Melissa schon längst in einer anderen Welt.

Jan hat überhaupt keine Lust, nach Hause zu fahren. Nicht nur weil er noch seine Hausaufgaben machen muss, sondern weil er es schwierig findet, Herrn de Raaf zu antworten. Der wird sicher anrufen und fragen, wo Melissa bleibt. Er ahnt schon, wie seine Eltern vollkommen ausflippen werden. Er wird sich den Mund fusselig reden müssen, um sie davon zu überzeugen, dass er nichts damit zu tun hat. Leider kann er jetzt nicht zu Kevin, der ist auf der Skateboardbahn. Fleur ist seine einzige Rettung. Melissa muss von diesem Jim wegkommen, das ist das Einzige, was zählt. Wenn sie beweisen können, dass Jim ein Dealer ist, sind sie ihn los. Erst dann hat Melissa wieder eine Chanc – vorher nicht! Jim wird nicht zulassen, dass sie aufhört, Drogen zu

nehmen, und Jan weiß genau, warum. Er benutzt Melissa, um seine Ware in die Discos zu schmuggeln. Er hat sicher schon wieder etwas Neues ausgeheckt.
Jan zieht seinen Fahrradschlüssel aus der Tasche. Eins steht fest: Er wird nicht eher Ruhe geben, bevor dieser Jim hinter Schloss und Riegel sitzt.
Zum Glück ist Fleur zu Hause. An Jans Gesicht sieht sie sofort, dass etwas nicht stimmt.
»Geht's um Melissa?«, fragt sie.
Jan nickt überrascht. Er muss sich erst noch daran gewöhnen, dass Fleur wieder fit ist. Als mit Timo Schluss war, drang nichts zu ihr durch, aber jetzt ist sie wieder die Alte – eine Freundin, auf die man sich verlassen kann!
Jans Blick wandert durch Fleurs Zimmer. Was für ein Unterschied zu letzter Woche! Da war Fleur derart mies drauf, dass es total ungemütlich war. Überall lag Zeug herum, die Vorhänge blieben den ganzen Tag geschlossen. Jetzt sieht es wieder super aus, sogar ein Foto von Timo prangt über ihrem Bett.
Sobald die Zimmertür zu ist, legt Jan los. Er erzählt, was passiert ist, und das fällt ihm nicht gerade leicht. Ab und zu holt er tief Luft.
»Heul ruhig, wenn dir danach ist«, rät ihm Fleur, als er fertig ist.
»Ich muss nicht weinen.« Sofort laufen Jan die Tränen über die Wangen. »Ich, ähm . . .« Und dann spricht er es endlich aus: »Ich liebe Melissa . . .«
Fleur legt ihren Arm um Jan. »Glaubst du etwa, ich wüsste das nicht? Du bist schon seit der fünften Klasse in sie ver-

liebt. Du wolltest es bloß nie zugeben und Melissa auch nicht. Ihr Blödies!«

Jan schüttelt entschieden den Kopf. »Melissa ist nicht in mich verliebt. Sonst wäre sie nicht bei diesem Arsch.«

»Das ist Quatsch. Du weißt genauso gut wie ich, dass es Melissa nicht um Jim geht. Sie will diese bescheuerten Pillen und die kriegt sie bei Jim.«

Jan nickt. »Er muss aus ihrem Leben verschwinden. Wenn wir nur etwas beweisen könnten!«

»Wir werden es beweisen!« Fleur sagt das so entschieden, dass Jan lachen muss. Typisch Fleur!

»Kevin und Timo müssen mithelfen«, beschließt Fleur. »Jim ist ein Dealer, das ist glasklar.«

»Worauf warten wir dann noch? Wir zeigen ihn an und dann durchsucht die Polizei seine Wohnung.«

»So einfach geht das nicht«, sagt Fleur. »Oder glaubst du, dass er das Zeug zu Hause unterm Bett liegen hat?«

»Du glaubst, dass er woanders ein Versteck hat?«

Fleur nickt. »Und erst, wenn wir das gefunden haben, zeigen wir ihn an. Eher nicht!«

»Geht klar, Boss!« Jan hat seine gute Laune wiedergefunden. »Wann geht's los?«

»Wir haben nur nach der Schule Zeit. Dann müssen wir der Reihe nach Wache schieben.« Fleur ist bewusst, wo Melissa hineingeschlittert ist. »Ach Melissa, du blödes Huhn.« Sie tickt mit ihrem Finger gegen die Stirn. »Warum ist sie nur mit diesem Schwachkopf mitgefahren? Jetzt kriegt sie noch mehr Schwierigkeiten. Glaub bloß nicht, dass ihre Eltern nicht kapieren, was läuft. Die wollen genau wissen, wo sie sich rumtreibt. Und weil sie jetzt von dem Ecstasy wissen, merken die hundertpro, wenn sie es genommen hat. Wir haben es doch auch sofort gemerkt. Entweder wird Melissa total aufgedreht nach Hause kommen oder sie wird warten, bis die Wirkung nachgelassen hat, und kommt zu spät.«

»Und morgen erst . . . Hoffentlich läuft sie Debby nicht über den Weg. Was heute passiert ist, darf auf keinen Fall rauskommen, sonst wird Melissa in der Klasse fertiggemacht.«

»Da habe ich heute Nachmittag mit Kevin drüber gesprochen«, sagt Fleur. »Der findet auch, dass wir etwas unternehmen müssen. Er wusste bloß nicht, was, aber mir ist da schon etwas eingefallen.«

»Du willst sicher, dass wir mit der ganzen Klasse reden. Keine Chance! Ist dir klar, wie viel Einfluss Debby hat?«

»Annelies Melgers auch!«, kontert Fleur. »Wir werden mit Annelies reden. Die unternimmt wenigstens was. Guck dir doch an, was für eine Kampagne sie gegen das *Florida* gestartet hat. Sie hat sogar schon mit der Zeitung gesprochen.«

Jan sieht Fleur fest in die Augen. »Du bist wieder in Topform, oder? Das ist eine gute Idee. Logisch müssen wir mit Annelies darüber reden. Sollen wir morgen gleich als Erstes zu ihr gehen?«

Fleur nickt. »Wir kommen einfach früher als sonst. Annelies ist immer früh da.«

»Fleur, essen!«, tönt es von unten.

»Stimmt. Wir essen heute früh«, entschuldigt sich Fleur. »Meine Brüder müssen zum Fußballtraining.«

Sie quatschen noch eine Weile weiter, bis Fleur zum zweiten Mal gerufen wird.

»Ich komm schon.«

Jan geht zusammen mit Fleur die Treppe hinunter und steckt beim Rausgehen noch schnell den Kopf ins Esszimmer. »Guten Appetit.«

»Danke, Jan.« Fleurs Vater winkt fröhlich zum Abschied. »Schön, mit dir gesprochen zu haben«, zieht er Jan auf.

»Ja, nicht wahr? Super Gespräch!«, ruft Jan lachend zurück und geht. Er fühlt sich schon ein ganzes Stück besser, als er nach Hause fährt. Er ist froh, dass sie etwas unternehmen werden.

Zu Hause hat er noch keinen Fuß ins Wohnzimmer gesetzt, schon legt sein Vater los. »Wo warst du?«

»Ist das ein Kreuzverhör?«, fragt Jan. »Ich bin bei Fleur gewesen. Wenn du mir nicht glaubst, kannst du ja ihre Eltern anrufen.«

»War Melissa auch da?«, fragt sein Vater schon etwas ruhiger.

»Nein.« Jan hat keine Lust, seine Eltern anzulügen. »Ich weiß nicht, wo sie steckt.« Eigentlich ist das sogar die Wahrheit. Sie kann überall sein.

»Die armen Leute . . .« Jans Mutter schüttelt langsam den Kopf. »Sie sind vollkommen durcheinander.«

»Ich dachte, sie wollten ins Krankenhaus?«, sagt Jan. »Da waren sie auch. Die Ergebnisse der Untersuchung waren alle positiv, deswegen konnten sie früher nach Hause. Das ist aber auch was! Da kommt man nach Hause und muss entdecken, dass sich Melissa nicht an ihr Versprechen gehalten hat. Eine schöne Tochter ist das! Sie lassen ihr mehr Freiheit und schon wird sie rückfällig.«

Jan hat keine Lust, darauf einzugehen. Der Ton, in dem seine Eltern über Melissa sprechen, passt ihm nicht. »Wann gibt's Essen?«

»In einer halben Stunde.«

»Dann geh ich noch kurz nach oben. Wir schreiben morgen einen Test.«

Es gibt wenig Momente, in denen Jan froh ist, dass so etwas wie Hausaufgaben existiert, aber dies ist unter Garantie einer. Nicht auszuhalten, dieses Gemecker! Seine Mutter bemitleidet die Eltern von Melissa – wie schwer es Melissa hat, kapiert sie nicht.

Jan holt sein Geschichtsbuch aus der Tasche. Er versucht zu lernen, aber er muss ständig an Melissa denken. Wie viele Pillen hat sie wohl geschluckt? Hoffentlich kommt sie nicht allzu spät nach Hause – das Donnerwetter überlebt sie sonst nicht. Der Zoff ist vorprogrammiert. In nächster Zeit darf sie sicher nicht mehr vor die Tür. Dass das helfen wird, bezweifelt Jan. Diesen Jim, den muss sie loswerden. Jan hört wieder Jims Stimme, diesen heuchlerischen Ton, in dem er Melissa lockte: »Du weißt, dass es etwas dagegen gibt . . .« Dieser Scheißkerl!

Jim soll sich verpissen, schreibt er riesengroß in sein Heft. Dann streicht er *sich verpissen* durch und schreibt *verrecken* darüber. Er ist selbst erschrocken. Noch nie hat Jan jemanden so sehr gehasst. Am liebsten würde er Jim abknallen. Jetzt reicht's, pfeift sich Jan selbst zurück. Wenn du so einen Mist zusammenspinnst, Jan de Waard, kannst du genauso gut für Geschichte pauken.

Den ersten Absatz liest Jan laut, bis das Telefon klingelt. Er flitzt sofort zur Tür. Das müssen Melissas Eltern sein, Melissa ist natürlich nach Hause gekommen. Er läuft die Treppe hinunter und lauscht.

»Nein«, hört er seinen Vater sagen. »Wir haben noch nichts gehört. Jan weiß auch nicht, wo sie ist. Natürlich, Herr de Raaf, sobald wir etwas hören, rufen wir Sie an. Selbstverständlich. Alles Gute.« Er legt auf.

Sie ist also noch immer nicht da, denkt Jan. Als er ins Wohnzimmer geht, sieht er, wie sein Vater den Tisch deckt. Es hat keinen Zweck, für die paar Minuten noch nach oben zu gehen.

»Also nein.« Sein Vater stellt seufzend die Teller auf den Tisch. »Sie war ein so nettes Mädchen.«

»Wie bitte? War?« Jan kann seinen Mund nicht mehr halten. »Du tust gerade so, als ob sie tot sei.«

»Hör mal, Jan«, seine Mutter setzt sich an den Tisch. »Du hast ja keine Ahnung, was die Eltern durchmachen. Das ist die Hölle, die reinste Hölle.«

Jan hat genug von diesem Gerede. Er starrt auf seinen Teller. Soll er erzählen, dass er heute mit ansehen musste, wie seine Freundin von der Klasse fertiggemacht worden ist? Plötzlich hat er eine Idee. »Wir haben Debby aus unserer Clique geworfen.«

»Dieses nette Mädchen?«, fragt seine Mutter.

»So nett ist sie nicht!« Und Jan erzählt, was sie gemacht hat. Aber Jans Mutter geht nicht darauf ein. In ihren Augen gibt es heute nur ein einziges Mädchen, das nichts taugt: Melissa.

»Du brauchst nicht zu helfen, Jan«, sagt seine Mutter, als sie mit dem Essen fertig sind. »Setz dich ruhig an deine Hausaufgaben. Papa und ich räumen ab.«

Jan hat schon kapiert: Dann kann sie ungestört über Melissa reden. Er sieht auf die Uhr. Es ist schon sieben. Melissa ist also immer noch nicht zu Hause, sonst hätten sie schon etwas gehört.

Um halb zehn schlägt er sein Heft zu. Genug für heute! Er hat bis jetzt nicht gerade viel geschafft – den halben Abend hat er am Telefon gehangen. Fleur wollte wissen, ob er schon etwas gehört habe, und dann rief auch noch Kevin an.

»Den Kerl kriegen wir schon klein«, sagte der. Typisch Kevin. Als ob das so einfach ginge. Jan geht ins Wohnzimmer.

»Möchtest du etwas zu trinken?«, fragt seine Mutter.

»Ich hol mir schon selbst was.« Auf dem Weg zur Küche klingelt das Telefon.

»Geh du ran«, sagt sein Vater. »Es ist sowieso für dich.«

»Hallo, hier ist Jan.« Am anderen Ende bleibt es still.

»Hallo?«, fragt Jan. »Wer ist da?« Die Verbindung wird unterbrochen.

»Wer war das?«, fragen seine Eltern.

»Aufgelegt«, antwortet Jan schulterzuckend. Keine Minute später klingelt das Telefon wieder.

»Ja, hallo?«, fragt Jan. Als wieder keine Antwort kommt, wird Jan misstrauisch. »Melissa, bist du das?«

»Hi«, ertönt Melissas Stimme. »Würdest du meinen Eltern bitte sagen, dass es mir gut geht?«

»Dass es dir gut geht? Wo steckst du, Melissa?«

»Ich gehe nicht mehr nach Hause.«

»Was?« Jan traut seinen Ohren nicht. »Das kannst du doch nicht machen. Wie willst du das denn mit der Schule hinkriegen?«
»Es ist besser so«, sagt Melissa. »Das ist wirklich für alle das Beste. Ich mache euch alle unglücklich.«
»Wie kommst du denn darauf?«, protestiert Jan. »Jeder will dir helfen. Melissa, hör mal . . .«
»Ich melde mich ab und zu, okay?«
»Melissa . . .«, schreit Jan in den Hörer – aber sie hat schon aufgelegt. Er bleibt wie betäubt mit dem Hörer in der Hand stehen.
»Wo ist sie?«, fragt sein Vater. Erst als er Jan am Arm berührt, dringt die Frage zu ihm durch. »Ich weiß nicht, wo sie ist. Sie wollte es nicht sagen. Sie hat gemeint, dass sie nicht mehr nach Hause geht.«
»Die armen Leute«, sagt Jans Mutter. »Das kannst du ihnen nicht am Telefon sagen, hörst du, Wim? Das kannst du nicht machen.«
»Nein«, meint Jans Vater, »ich werde kurz zu De Raafs hinfahren. Kommst du mit, Jan?«
Aber Jan hört seinen Vater nicht. Alles um ihn herum beginnt, sich zu drehen. Kreidebleich rennt er zur Toilette – gerade noch rechtzeitig, denn er muss sich übergeben.

19.

Melissas Anruf hat Jans Leben völlig verändert – nichts interessiert ihn mehr: die Schule, seine Freunde, seine Jobs. Diese Woche kam im Fernsehen ein Bericht über eine aufsehenerregende Ausgrabung, Jan hat ihn nicht sehen wollen. Melissa muss zurückkommen, das ist das Einzige, woran er denken kann.

Noch am selben Abend, an dem Melissa angerufen hatte, war Jan mit Herrn de Raaf zum Studio gefahren. Als sich herausstellte, dass Melissa ihr Fahrrad bereits abgeholt hatte, fuhren sie zur Polizei. Jan erzählte von ihrem Verdacht gegenüber Jim, aber die Polizei konnte nicht so einfach eingreifen, sie hatten keinen einzigen Beweis. Sie bedankten sich bei Jan für den Tipp und versprachen, Jim im Auge zu behalten.

Ein Polizist war sogar mit zu Jims Wohnung gekommen, um sich zu erkundigen, wo Melissa sei, aber das brachte nichts, Jim behauptete felsenfest, Melissa sei nur kurz bei ihm gewesen, und er wisse nicht, wo sie dann hin sei. Der Polizist hatte Jan gewarnt, er solle sich aus alldem heraushalten. Er erklärte ihm, wie gefährlich Typen wie Jim werden könnten und dass man ihnen besser aus dem Wege ginge. Dass sie vor nichts zurückschrecken würden und nicht so leicht zu schnappen seien, weil hinter ihnen meistens ein ganzer Rauschgiftring stehe.

Im Nachhinein fand Jan ihren Beschattungsplan ziemlich naiv. Detektiv spielen – das macht man in der Grundschule. Seit Melissa von zu Hause weggelaufen ist, haben sie sowieso wichtigere Sachen im Kopf, als sich mit Jim aufzuhalten, und zum Glück sind sich Fleur, Kevin, und Timo darin einig. Sie hatten überall gesucht, sogar ins *Florida* waren sie gefahren. Einen Augenblick lang hatte Jan gedacht, Melissa zu sehen. Er rannte auf sie zu, aber sie war es nicht. Ihre Kampagne gegen das *Florida* zeigte übrigens Wirkung. Vor allem, seit Annelies für eine Veröffentlichung in der Zeitung gesorgt hatte. Seitdem ist die Diskriminierung in der Diskothek nicht nur unter Schülern Gesprächsstoff. Seine Mutter hörte neulich sogar, wie sich zwei Kassiererinnen darüber unterhielten. Sie wollten in Zukunft lieber in eine andere Disco im Stadtzentrum gehen.

Kevin und seine Freunde hatten sogar in der Bahnhofsgegend gesucht, denn dort stehen einige besetzte Häuser. Sie hatten ein Foto von Melissa bei sich und zeigten es jedem, den sie trafen. Leider hatte niemand Melissa wiedererkannt.

Vor drei Tagen erlebte Jan die bisher größte Enttäuschung seines Lebens. Sie dachten, Melissa auf der Spur zu sein, denn ein Junge aus einem *Coffeeshop** war sicher, Melissa gesehen zu haben. Er gab ihnen die Adresse eines besetzten Hauses. Als sie dort nachfragten, schien Melissa dort tatsächlich eine Nacht geschlafen zu haben. Einer der Jugendlichen, ein gewisser Frank, hatte mit ihr geredet. Er hatte ver-

* Café, in dem kleine Mengen von weichen Drogen legal verkauft werden dürfen.

sucht, Melissa zu überreden, wieder nach Hause zu gehen. Aber sie hatte geweint und gesagt, sie traue sich nicht. Die Bewohner hatten wegen ihr sogar gestritten: Kelly, ein älteres Mädchen, das Melissa am Bahnhof aufgegabelt hatte, war dafür, sie für eine Zeit im Haus wohnen zu lassen, aber Frank war dagegen. Er fand Melissa viel zu jung. Schlussendlich hatten sie sich darauf geeinigt, dass Melissa bleiben dürfe, wenn sie am nächsten Tag ihre Eltern informierte.
»Wahrscheinlich hat sie Schiss gehabt«, sagte Frank. »Als wir am nächsten Tag wach wurden, war sie schon weg.« Jetzt ist es schon zehn Tage her, dass Melissa fortgelaufen ist, und seither hat Jan nichts mehr von ihr gehört.
In der Schule ist Melissas Fortbleiben Gesprächsthema Nummer eins. Jeder macht sich Sorgen um sie. Daran ist unter anderem Annelies Melgers schuld: Sie hatte eine geschlagene Stunde mit allen darüber geredet. Auch Herr van Tongeren hatte mit der Klasse gesprochen. Jetzt war wenigstens allen klar, wie es so weit kommen konnte. Sogar Debby hat eingesehen, dass sie Melissa falsch eingeschätzt hat, und das tut ihr inzwischen leid. Sie hat sogar angeboten, bei der Suche zu helfen, aber so weit ist Fleur noch nicht. Jan übrigens auch nicht. Allerdings reden er und die anderen seitdem wieder mit ihr.
»Ihr seid auf Melissa sauer«, hatte Annelies gesagt. »Aber ihr solltet auf den Kerl sauer sein, der ihr das Zeug zugesteckt hat, oder auf die widerliche Welt, die hinter den Drogen steht. Die Sache ist nicht so harmlos, wie es aussieht. Man will sich nicht blamieren und nimmt eine Pille, wie die anderen. Eine Pille, das ist doch nicht weiter schlimm. Aber

selbst eine kann fatal sein. Seht euch Melissa an. Hände weg, hört ihr? Hände weg!« Annelies war derart aufgebracht, dass sie mit der Faust auf den Tisch schlug.
Im Kunstunterricht hatte die ganze Klasse Poster gegen Ecstasy und andere Drogen entworfen, die dann im Schulgebäude aufgehängt wurden. Alle Drogeninformationen, die sie auftreiben konnten, lagen auf einem Tisch in der Pausenhalle aus. Außerdem hatte Herr van Tongeren diese Woche alle Eltern der Klasse eingeladen. Einige waren so betroffen, dass sie ein Aktionskomitee gründeten. In der Klasse wurde auch darüber gesprochen, wie schwer es für Melissa sein würde, an die Schule zurückzukommen. Aber jeder hatte versprochen, ihr dabei zu helfen.
Wenn sie doch schon zurück wäre, denkt Jan die ganze Zeit. Aber das steht in den Sternen. Manchmal, wenn er seine Hausaufgaben macht, wird er furchtbar unruhig. Dann springt er auf sein Fahrrad und durchstreift die ganze Stadt, sucht jede Straße nach Melissa oder ihrem Fahrrad ab. Er war sogar schon ein paar Mal alleine in einem *Coffeeshop* gewesen, um nach ihr Ausschau zu halten.
Heute ist Freitag. Jan sitzt im Erdkundesaal und spürt einen schmerzhaften Stich hinter dem Auge. Das hatte er die ganze Woche über schon gehabt. Klar, woher das kommt: Er macht sich verrückt wegen Melissa! Aber das ist nicht zu ändern. Melissa ist nun einmal sehr wichtig für ihn. Vielleicht sogar die wichtigste Person in seinem Leben?!
Als es zum Ende der Stunde klingelt, rennt er aus dem Klassenzimmer. Er ist als Erster bei den Kleiderhaken. Normalerweise ist er immer froh, wenn freitags die Schule vor-

bei ist, aber jetzt hat er Horror davor: wieder ein Wochenende ohne Melissa.

»Sollen wir ins *Central* fahren?«, fragt Fleur.

»Sorry, ich hab Kopfschmerzen.« Sobald Jan auf seinem Rad sitzt, verschwindet der Schmerz hinter dem Auge. Frische Luft hilft.

Bei der Unterführung steigt Jan plötzlich auf die Bremsen. Er hat überhaupt keine Lust, nach Hause zu fahren. Was soll er da? Auf Melissas Anruf warten? Vielleicht meldet sie sich ja nie wieder. Bei diesem Gedanken überkommt ihn das Gefühl unendlicher Leere. Ich muss sie finden, denkt er. Ich muss herauskriegen, wo sie steckt. Er beschließt, bei dem besetzten Haus vorbeizufahren, und biegt links ab. Vielleicht haben sie noch etwas von Melissa gehört. Er hätte ihnen seine Nummer dalassen sollen, aber das fällt ihm erst jetzt ein. Wenig später überquert Jan den Bahnübergang. Zum Glück kann er sich noch an den Weg erinnern und fährt schnurstracks auf das Haus zu.

Jan lehnt sein Rad gegen einen Baum und klingelt, aber niemand öffnet. Er klingelt noch ein paar Mal, aber nichts passiert. In dem Nachbarhaus wird ein Fenster geöffnet und eine alte Frau lehnt sich heraus. »Die sind nicht da, die sind alle zu diesem Unfall. Ja, ich muss da nicht hin, ich kenn das Kind nicht. Es scheint ein junges Mädchen zu sein.«

»Ein junges Mädchen . . .«, wiederholt Jan erschrocken.

»Ja, Junge, hier passiert so allerhand«, sagt die Frau. »So ein junges Ding in deinem Alter. Das ist doch wirklich schrecklich. Von zu Hause weggelaufen. Sie hatte hier im Nachbarhaus gewohnt. Gegen die kann man nichts sagen, sind ganz nett zu uns. Aber die da, das Drogenhaus dahinten, das sollte man in die Luft jagen. Dieser Frank hat noch versucht, die Kleine zurückzuhalten. Aber sie musste ja unbedingt darüber. Auf der Straße hat sie das Pack kennengelernt. Du musst mir nicht erzählen, wie das dann weitergeht. So ein junges Ding bequatschen die leicht. Na ja, lange hat es nicht gedauert. Wenn Frank nicht rübergegangen wäre, um zu sehen, wie es ihr geht, läge sie jetzt noch da. Sie sind mit ihr ins Krankenhaus gefahren.«

Jan ist wie versteinert. Er bringt kein Wort heraus.

»Ja, mich schockt das nicht mehr«, redet die Frau weiter. »Und die Polizei tut auch nichts dagegen. Ich hab schon . . .«

»In welches Krankenhaus?«, unterbricht sie Jan.

»Ins Sankt Johannes, das ist hier in der Nähe, gleich hinter dem Bahndamm. Frank und Kelly sind im Rettungswagen mitgefahren. Sah nicht gut aus. Da kann man nur abwarten.«

Jan hört nicht mehr, was sie sonst noch redet. Ich muss zu ihr, denkt er. Ich muss zu ihr . . . Er springt aufs Rad und rast die Straße hinunter. In Gedanken sieht er Melissa vor sich. Was haben sie ihr wohl gegeben? Hauptsache, sie lebt . . .

Mit klopfendem Herzen rennt Jan in die Eingangshalle des Krankenhauses.

»Sie darf nicht sterben«, sagt er zu der Frau hinter dem Empfangsschalter.

Die Frau merkt gleich, dass Jan ganz durcheinander ist. »Wenn du mir erzählst, was los ist, kann ich dir vielleicht weiterhelfen.«

»Drogen .... meine Freundin hat Drogen genommen.« Mehr kann Jan nicht sagen.

Die Frau ruft in der Erste-Hilfe-Abteilung an. »Es ist tatsächlich ein Drogenopfer eingeliefert worden«, sagt sie und erklärt Jan den Weg.

Jan rennt ins Wartezimmer, das voller Menschen ist. Er nimmt sich noch nicht einmal die Zeit, nach Frank und Kelly Ausschau zu halten, und stürmt gleich auf eine Krankenschwester zu.

»Entschuldige«, sagt sie, bevor Jan etwas fragen kann, »ein Notfall.« Eilig verschwindet sie hinter einer Tür.

Jan starrt die geschlossene Tür an – dahinter ist Melissa. Alles Mögliche schwirrt ihm durch den Kopf. Jan merkt gar nicht, wie das Wartezimmer immer leerer wird. Er starrt immer nur auf die geschlossene Tür.

Als sich die Tür endlich öffnet und Kelly als Erste nach draußen kommt, ist viel Zeit vergangen.

Jan fasst sie beim Arm. »Wie geht es ihr?« Als er Kelly in die Augen sieht, bemerkt er ihre Tränen. In der Türöffnung erscheint Frank – kreidebleich.

»Nein, das kann nicht sein. Sag, dass es nicht wahr ist!« Panisch schüttelt Jan Kellys Arm.

Frank sieht Jan an. »Sie hat es nicht geschafft«, sagt er leise.

Jan wird schwarz vor Augen. Er befürchtet zu fallen, aber als er ein paar Mal tief Luft holt, fängt er sich wieder. Sie hat es nicht geschafft, dröhnt es in seinem Kopf. Er zittert am ganzen Körper. Eine Weile stehen sie zu dritt schweigend an der Tür.

Kelly bricht zuerst das Schweigen. »Fürchterlich, nicht

wahr? Ich hab sie gut leiden können. Ihre Eltern sind doch wirklich bescheuert – warum haben sie sich nicht besser um Mette gekümmert?«

»Mette?«, fragt Jan. »Hieß sie Mette?«

»Ja.« Als Frank sieht, wie Jans Gesicht wieder ein bisschen Farbe bekommt, begreift er, was los ist. Er legt seine Hand auf Jans Schulter. »Du dachtest, es wäre Melissa.«

Jan nickt. »Sorry«, sagt er. »Für Mette ist es natürlich auch schrecklich, aber . . .«

». . . sie ist nicht deine Freundin«, beendet Kelly seinen Satz. »Sieh zu, dass du Melissa findest, bevor es zu spät ist.«

Jan gibt Frank seine Telefonnummer und rennt nach draußen. Aber er kann nicht sofort losfahren. Ihm laufen die Tränen über die Wangen.

20.

Melissa ist seit mehr als zwei Wochen verschwunden. Als wenn das nicht schon schlimm genug wäre, hat Jan auch noch seinen Job als Geschirrspüler verloren, und das nur weil er zu spät gekommen ist.

Auf dem Weg zum Restaurant sah er im Bus ein Mädchen sitzen – Jan hätte schwören können, es sei Melissa gewesen. Er raste dem Bus hinterher und hatte Glück: Es war so viel Verkehr auf der Straße, dass der Bus immer wieder anhalten musste, sonst hätte Jan ihn sicher aus den Augen verloren. Beim Bahnhof stieg das Mädchen aus, und erst als Jan näher kam, bemerkte er seinen Irrtum.

Diese Aktion hatte ihn eine halbe Stunde gekostet. Obwohl er Herrn Kromwijk den Grund erklärte, hatte der wenig Verständnis. Was hatte er mit Melissa am Hut? Jan könne sich verkrümeln. Das tat er auch – er war stocksauer. Als Jan nach Hause fuhr, musste beinahe eine Frau dafür büßen. Er sah, wie sie die Straße überquerte, fuhr aber einfach weiter, ohne zu bremsen. Um ein Haar hätte er sie angefahren.

»Pass doch auf, blöde Kuh!«, schimpfte er, und das, obwohl sie über einen Zebrastreifen gegangen war.

Jan schaltet den Fernseher an, zappt durch alle Programme und macht ihn wieder aus.

»Warum rufst du nicht Kevin an?«, schlägt seine Mutter vor. »Vielleicht läuft was Nettes im Kino.«

»Wieso?«, mault Jan. »Mir ist nicht langweilig. Oder willst du mich loswerden?«
»Nicht gleich so wütend, bitte!« Sein Vater rührt in der Kaffeetasse. »Deine Mutter macht sich lediglich Sorgen um dich.«
»Die Grübelei hilft dir nicht weiter«, sagt seine Mutter. »Davon bekommst du nur Kopfschmerzen und Melissa kommt dadurch auch nicht zurück.«
»Was meckert ihr eigentlich rum?«, regt sich Jan auf. »Ich werde doch wohl noch im Wohnzimmer sitzen dürfen, oder? Oh ja, kapiere! Ich störe wohl!« Er steht auf und läuft aus dem Zimmer.
»Aber Junge!« Seine Mutter geht ihm hinterher. »So war das doch nicht gemeint.«
»Lass ihn«, sagt Jans Vater. »Mit dem ist heute nichts anzufangen.«
Wundert euch das etwa?, denkt Jan, als er die Treppe zu seinem Zimmer hinaufläuft. Mit einem Knall schlägt er seine Zimmertür zu. Klar, es ist klasse, wenn deine Freundin spurlos verschwindet. Dann geht man in aller Ruhe ins Kino, super! Warum gebe ich eigentlich nicht gleich 'ne Party?Jan kann es nicht leiden, dass sich seine Mutter nur um ihn und Melissas Eltern Sorgen macht. Wie es Melissa geht, interessiert sie scheinbar kein Stück. Aber ihn! Jan legt eine CD ein, aber schon beim ersten Lied drückt er auf Stopp. Diese Musik macht ihn nur traurig. Er lässt sich aufs Bett fallen und überlegt zum hundertsten Mal, warum sich Melissa nicht meldet. Und wenn es nur wäre, um zu sagen, wie es ihr geht . . . Sie weiß noch nicht mal, dass ihre Oma aus dem

Krankenhaus entlassen worden ist. Seufzend steht Jan auf und setzt sich an den Schreibtisch. Es muss doch einen Weg geben, sie zu finden! Alle Möglichkeiten, die ihm einfallen, schreibt er untereinander, auf einen Zettel. Als er sich die Liste durchliest, ist er noch gefrusteter. Alles, was dort steht, hat er bereits versucht. Im Nachhinein versteht Jan, warum Fleur und Kevin heute Nachmittag keine Lust mehr hatten weiterzusuchen. Sie hatten sich deswegen beinahe in die Wolle gekriegt.

»Wir haben wirklich keine Lust, heute wieder die ganze Stadt zu durchkämmen«, sagten sie. »Das bringt doch nichts. Du hörst auch besser auf, Jan, sonst drehst du noch durch.« Erst, wenn sie einen vernünftigen Plan hätten, wollten sie weitersuchen. Aber bei Kevin brauchte man sich in nächster Zeit nicht viel Hoffnung auf Geistesblitze zu machen. Seine Verwandtschaft aus Surinam ist zu Besuch gekommen und das ganze Wochenende über wird gefeiert. Fleur bat Jan, ihn an-zurufen, sobald ihm etwas eingefallen sei.

Jan legt seufzend seinen Stift zur Seite. Leicht gesagt! Er grübelt schon den ganzen Abend über nichts anderes, aber es fällt ihm nichts Neues ein. Bei Jim müssen sie auch nicht mehr vorbeigehen, der ist nie zu Hause. Außerdem hatte er sie beim letzten Mal sofort rausgeworfen. Er sagte, sie sollten Melissa in Ruhe lassen und endlich kapieren, dass sie keine Sehnsucht mehr nach ihren alten Freunden habe.

»Jan beißt auf seinem Stift herum. Vielleicht hat Jim recht; vielleicht will Melissa tatsächlich nichts mehr mit ihm zu tun haben. Aber das will er lieber von ihr persönlich hören. Verzweifelt tritt Jan gegen seinen Schreibtisch. Wieso hat die Polizei Melissa noch nicht gefunden? Dazu ist sie schließlich da! Gestern hat er einen Strafzettel bekommen, weil er kein Licht an seinem Fahrrad hatte. Als ob davon gleich die Welt untergehen würde ... Die sollen lieber Melissa finden, das ist viel wichtiger.

Jan hört unten das Telefon klingeln. Sofort springt er zur Tür.

»Jan, für dich.« Die Stimme seiner Mutter klingt ruhig, also kann es nicht Melissa sein. Sonst würde seine Mutter unter Garantie anders reagieren. Er nimmt das Telefon mit auf sein Zimmer.

»Jan hier.«

»Hallo, Jan. Hier spricht Frank Lievens. Du weißt schon, aus dem besetzten Haus. Ich sollte dich anrufen, wenn ich was über Melissa höre.«

»Und?«, fragt Jan gespannt.

»Ich habe sie heute Nachmittag zufällig gesehen. Ich bin ganz schön erschrocken, es scheint ihr nicht gut zu gehen.«

»Wo ist sie?« Jan ist zu ungeduldig, um Frank aussprechen zu lassen. Er will sofort zu ihr.

»Wo sie wohnt, wollte sie nicht sagen. Aber ich weiß, dass sie heute Nacht auf eine Houseparty in der alten Papierfabrik gehen will. Weißt du, wo das ist?«

»Nein«, sagt Jan, »keine Ahnung. Warte mal, ich hole was zu schreiben.«

»Das geht meist spät los«, erzählt Frank, nachdem Jan die Adresse aufgeschrieben hat. »Bestimmt nicht vor elf. Hoffentlich geht sie auch wirklich hin. Kann ja sein, sie überlegt es sich noch anders.«

»Möglich wär's«, sagt Jan. »Vielen Dank und . . . . na ja, du hörst dann ja, ob's geklappt hat.«
Es scheint, als ob es diesmal Jan ist, der ein paar Pillen geschluckt hat – er strotzt vor Power.
»Wer war das?«, fragt ihn seine Mutter, immer noch ein bisschen misstrauisch.
»Oh, jemand aus der Schule.« Jan hat keine Lust, seinen Eltern von der Houseparty zu erzählen. Sie würden es nie und nimmer erlauben! Wahrscheinlich würden sie davon ausgehen, dass er dort selbst Ecstasy nehmen will. Als seine Mutter das Zimmer verlassen hat, wählt er Fleurs Nummer. Er ist furchtbar aufgeregt und kann kaum erwarten, dass abgehoben wird. »Sie geht heute Nacht auf eine Houseparty«, brüllt er los, als Fleur am Hörer ist. Gleichzeitig fällt ihm ein, dass er vergessen hat zu sagen, mit wem sie überhaupt spricht. Aber Fleur hat seine Stimme natürlich sofort erkannt und verstanden, worum es geht. »Hat sie angerufen?«
»Melissa nicht, aber Frank. Du weißt schon, der aus dem besetzten Haus. Ich geh natürlich hin, keine Frage. Was ist mit dir?«
»Ich bin dabei, was denkst du denn?!« Fleur flüstert, damit ihre Eltern sie nicht hören können.
»Heute Nacht um zwölf vor der Schule, okay?«, fragt Jan.
»Viel zu früh! Meine Eltern gehen nie vor eins ins Bett. Bis die pennen, ist es Viertel nach.«
»Okay, dann um zwei.«
»Prima«, sagt Fleur. »Ich schleich mich um Viertel vor zwei aus dem Haus.«
»Ich mach jetzt Schluss. Ich will Kevin noch anrufen.«

»Die feiern doch heute«, erinnert ihn Fleur.
»Logo!« Das hatte Jan in seiner Aufregung ganz vergessen. Durch den Hörer hört er im Hintergrund Gelächter. »Ist Timo bei dir?«
»Ja«, antwortet Fleur. »Uns geht es echt super. Wart mal ab, Jan, du und Melissa, ihr werdet es auch noch packen, wetten?«
Jan lacht. Typisch Fleur! Fehlt nur noch die Kristallkugel – dann kann sie jedem die Zukunft vorhersagen. »Also, bis zwei, ja? Das sind noch vier Stunden. Hoffentlich penn ich nicht ein bis dahin.«
Fleur lacht ihn aus. »Als ob du noch ein Auge zukriegen könntest!« Sie hat recht. Jan fühlt sich fit wie ein Turnschuh. Aber er muss sich in Acht nehmen. Wenn er derart gut gelaunt durch die Gegend springt, werden seine Eltern noch misstrauisch.
»Es fängt gerade ein guter Film an«, sagt Jans Vater, als er ins Wohnzimmer geht. »Komm, setz dich doch.«
»Okay.« Jan plumpst neben seinem Vater aufs Sofa. Er will noch nicht einmal wissen, wovon der Film handelt – es ist ihm vollkommen egal. In Gedanken ist er doch nur bei Melissa. Noch vier Stunden, dann sieht er sie.
Als Jan zur Schule kommt, ist Fleur noch nicht da. Um diese Zeit hat er noch nie eine Verabredung gehabt. Er sieht auf die Uhr, es ist genau zwei. Was für ein Timing! Er ist überrascht, weil Fleur noch nicht da ist, denn meistens kommt sie zu früh. Vielleicht fand sie es unheimlich, allein auf ihn zu warten, das kann Jan gut verstehen. Angenehm ist was anderes . . . Eigentlich rechnet er damit, dass sie jeden Mo-

ment kommt, aber als sie nach sieben Minuten immer noch nicht da ist, wird er unruhig. Hoffentlich ist nichts schiefgegangen. Er selbst dachte eine Schrecksekunde lang, seine Mutter sei wach geworden. Er hatte schon die Türklinke in der Hand, als er oben im Flur ein Geräusch hörte. Zur Sicherheit war er stocksteif stehen geblieben, aber es blieb totenstill. Wegen seines Vaters brauchte er sich keinen Kopf zu machen, der ist nie wach zu kriegen. Selbst wenn neben seinem Bett eine Bombe einschlüge – er würde weiterschnarchen. Aber seine Mutter hat einen umso leichteren Schlaf.

Als die Kirchturmuhr Viertel nach zwei schlägt, wird Jan nervös. Er kann hier doch nicht den Rest der Nacht Wurzeln schlagen! Es ist noch ein ganzes Stück zu fahren und dann muss er Melissa auch erst noch finden. Das letzte Mal hatte es eine ganze Weile gedauert, bis er sie gefunden hatte, und das *Florida* ist easy im Vergleich zu einer Houseparty. Da scheint es immer proppevoll zu sein!

Gerade, als Jan losfahren will, sieht er in einiger Entfernung ein Fahrrad näher kommen. Er versucht, in der Dunkelheit etwas zu erkennen. Ist das Fleur – ja oder nein? Er atmet erleichtert auf, als er seinen Namen hört. Er hatte sich schon alleine auf der Party gesehen.

Keuchend fährt Fleur auf den Bürgersteig. »Super! Du bist noch da. Ich hatte schon Angst, dass du weg bist. So bin ich noch nie geheizt. Rekordverdächtig!«

»Hast du verpennt?«

Fleur schüttelt den Kopf. »Ich war schon halb auf der Treppe, als mein Vater plötzlich aufs Klo ging. Ich dachte, ich sterbe! Ein Blick in die falsche Richtung und ich hätte mir die Kugel geben können. Was hätte ich denn sagen sollen? Meine Jacke hatte ich ja schon an. Erst als er gespült hatte, traute ich mich, nach unten zu schleichen.«

»So 'n Mist«, bedauert sie Jan. »Und dann musstest du natürlich warten, bis er eingeschlafen war, bevor du die Haustür zuziehen konntest.«

»Genau. Aber du bist ja noch da. Wo geht's lang?«

»Geradeaus. Es ist am Stadtrand, in der alten Papierfabrik.«

»Bis dahin? Das ist noch weit.« Fleur fährt hinter Jan vom Bürgersteig runter.

Während der Fahrt redet Jan wie ein Wasserfall über all das, was er Melissa sagen will, wenn er sie endlich wiedersieht. Aber dann wird er plötzlich unsicher. Wer weiß? Es könnte ja sein, dass Melissa gar nichts mehr mit ihm zu tun haben will.

Das glaubt Fleur nicht: »Wir haben doch keinen Krach mit ihr gehabt.«

»Ja, stimmt schon, aber vielleicht hat sie inzwischen ganz andere Freunde.«

»Jetzt übertreibst du aber, Jan. Du tust so, als ob sie ein Jahr weg gewesen wäre. Vor zweieinhalb Wochen noch saß sie mit uns in derselben Klasse! Melissa hat uns sicher noch nicht vergessen.«

»Schon möglich, aber warum hat sie sich dann nie gemeldet?«

»Jetzt mach dir mal keine Sorgen«, sagt Fleur. »Wir nehmen sie einfach mit nach Hause und dann sehen wir weiter.« Jan findet, dass Fleur es zu sehr auf die leichte Schulter nimmt, aber er sagt lieber nichts. »Ähm, jetzt weiß ich gerade auch nicht, wo es langgeht«, sagt Jan an der nächsten Kreuzung. »Vermutlich da.« Sie biegen nach rechts ab, vor ihnen fahren ein paar Skater.

Fleur stubst Jan an. »Das trifft sich gut. Wir brauchen den Typen nur zu folgen.«

Fünf Minuten später schließen Fleur und Jan ihre Räder vor der Papierfabrik an. Als sie zum Eingang gehen wollen, kommt ein Jugendlicher mit kahl geschorenem Kopf auf sie zu. »Hey, ihr Küken! Ihr wollt doch wohl nicht im Ernst hier rein?«

»Wieso nicht?«, fragt Jan. »Wir bezahlen!«

»Ihr müsst erst mal ein paar Jährchen zulegen«, sagt der Junge.

Jan und Fleur sehen sich ratlos an. Der Typ hat natürlich recht, ins *Florida* wollten sie Jan auch nicht reinlassen, weil er zu jung war. Und die Chance, hier einen Bekannten zu treffen, ist gleich null. Jan seufzt. Sein Plan ist in die Hose gegangen. Jetzt haben sie's bis hierher geschafft und dann kommen sie nicht rein. Aber zurückfahren kommt nicht infrage!

»Dumm gelaufen, was?«, sagt der Junge. Jetzt kommen noch zwei andere hinzu. Da ist doch was faul. Aber Jan schweigt, mit diesen Kerlen legt man sich besser nicht an. Zum Glück hält sogar Fleur den Mund.

Einer der Jungen kommt einen Schritt näher. »Ihr wollt sicher was einwerfen?«

Na logo, denkt Jan verbittert, das ist für uns das Größte.

Ein anderer Junge winkt ihnen, ihm zu folgen. Jan und Fleur sehen sich an: Sollen sie mitgehen? Vielleicht kennen diese

Typen einen Hintereingang. Für den Tipp würde Jan sogar zahlen. Auf alle Fälle ist Jan nicht allein, ihm und Fleur kann nichts passieren, also folgen sie den dreien.
In einer dunklen Ecke bleiben die Jungs stehen. »Wenn einer von euch Läufer spielt, lotsen wir euch rein.«
»Läufer?«, fragt Jan. Zwei der Jungs stehen Wache und geben das Zeichen »die Luft ist rein«. Erst dann holt der dritte eine Schachtel hervor. »Diese Pillen sollen nach drinnen.«
Jetzt haben Jan und Fleur kapiert, was ein Läufer zu tun hat. Er schmuggelt die Pillen nach drinnen, auf die Houseparty. Genauso hat es Jim mit Melissa gemacht. Niemals! Und wenn sie geschnappt werden? Außerdem: Von außen kann man nicht sehen, was in dem Zeug drin ist. Nachher haben sie in null Komma nichts einen Mord auf dem Gewissen ...
»Nun?«, fragt der Junge.
»Nein!«, sagt Jan.
»Dann nicht!« Wütend lässt der Junge die Schachtel wieder verschwinden und geht mit seinen Kumpels weg.
»Oder hättest du's getan?« Jan merkt plötzlich, dass er Fleur gar nicht gefragt hat.
»Natürlich nicht. Dann kommen wir halt nicht rein. Aber lass es uns wenigstens versuchen. Wer weiß ...«
So cool wie möglich, als ob sie schon auf hundert Housepartys gewesen wären, schlendern sie zum Eingang.
»Gib dir keine Mühe«, sagt der Türsteher, als Jan sein Portemonnaie aus der Tasche ziehen will, »ihr seid nicht alt genug.«
Bevor Jan widersprechen kann, öffnet sich die Tür und ein Mann informiert den Türsteher: »Ich musste einen Krankenwagen rufen.«

»Schon wieder? Das ist heute schon das dritte Mal!« Dann kommt noch ein Mann hinzu, offensichtlich der Chef. Er ist stinksauer auf den Türsteher. »Pennst du oder was?«
»Ich kann doch nicht jeden filzen!«
»Man munkelt, es sei jemand mit einer Ladung aus Osteuropa reingekommen«, sagt noch ein anderer. Die Männer erschrecken.
»Das Zeug ist das reinste Gift!«
Jan will unbedingt hören, was die Männer reden, aber eine Sirene übertönt alles.
Der Türsteher zeigt zur Straße. »Da kommt der Krankenwagen.«
Mit quietschenden Reifen und Blaulicht biegt ein Krankenwagen um die Ecke und stoppt direkt vor ihnen. Zwei Sanitäter springen aus dem Auto, rennen zur Hintertür, kommen mit einer Trage wieder heraus und laufen am Türsteher vorbei nach drinnen.
»Aus dem Weg da, macht Platz!« Der Türsteher schiebt eine Gruppe Jungen und Mädchen zur Seite.
Es wird wild durcheinandergeredet. »Vielleicht ist es nicht so schlimm«, sagt ein Mädchen.
»Vergiss es«, entgegnet ein Junge. »Ich war gerade da. Sie haben das Mädchen auf dem Klo gefunden – bewusstlos. War keine Reaktion aus ihr rauszukriegen, noch nicht mal mit ein paar Eimern Wasser.«
Als die Tür auffliegt, versucht Jan, nach drinnen zu spähen. Vielleicht kann er Melissa sehen.
»Macht Platz!«, ruft der Türsteher. Die Sanitäter kommen wieder nach draußen. Fleur und Jan sehen zur Seite, aber

als die Trage dicht an Jan vorbeigleitet, riskiert er doch einen Blick.

»Vorsicht«, ruft der vordere Sanitäter.

Zuerst sieht Jan nur ein weißes Laken. Aber als der hintere Sanitäter an ihm vorbeikommt, sieht er ein kreidebleiches Gesicht unter dem Laken hervorlugen. Jan schreit auf. »Melissa, es ist Melissa!«

21.

Jan ist nachts mit dem Krankenwagen mitgefahren. Fleur durfte nicht mit, nur eine Begleitperson hatte im Wagen Platz. Also hat sie ihren Vater angerufen, er solle sie abholen kommen. Sobald es hell würde, wollten sie bei Jans Eltern vorbeifahren und ihnen Bescheid sagen.

Als der Rettungswagen im Krankenhaus ankam, hatte Jan dem Arzt Namen und Adresse von Melissas Eltern gesagt. Die werden sich vermutlich furchtbar erschrecken, wenn sie ihre Tochter in diesem Zustand sehen.

Die Nacht ist fast vorbei. Jan sitzt in einem kleinen weißen Zimmer neben dem Krankenbett. Er kann noch immer nicht glauben, dass Melissa dort in diesem Bett liegt. Ihr Gesicht ist kreidebleich, ihre Augen sind geschlossen. Überall hängen Schläuche, an ihren Armen und aus ihrer Nase. An ihrem Körper sind mit rotem Klebeband Drähte festgeklebt, die mit einem Apparat verbunden sind, der Blutdruck und Herzschlag misst.

Jan beobachtet eine Krankenschwester, die gerade hereingekommen ist. Sie wirft einen Blick auf den Apparat und läuft dann eilig wieder nach draußen. Jan bekommt Angst. Ist etwas nicht in Ordnung? Holt sie den Arzt? Gespannt lauscht er dem Piepen des Apparats. Er kann keine Veränderung feststellen, und nach den regelmäßigen Auf- und Abbewegungen der weißen Bettdecke zu urteilen, lebt Melissa noch.

Jan fallen Frank und Kelly ein, die genau wie er vor einer Woche am Bett von Mette gewacht hatten. Er fragt sich, wie lange es dauern wird, bevor der Apparat schweigt. Eine Minute? Oder vielleicht eine halbe Stunde?

Er stellt sich vor, wie er ohne Melissa aus dem Krankenhaus kommt. Es wird totenstill sein. Noch deutlicher als sonst wird Jan klar, wie wichtig Melissa für ihn ist. Wenn sie nicht gewesen wäre, hätte er die Schule vielleicht schon längst geschmissen. Er hatte nicht ohne Grund in der Orientierungsstufe so hart gebüffelt. Er wollte bei Melissa in der Klasse bleiben – komme, was wolle. Kein Wunder: Diese schönen Augen und das strahlende Lachen – egal, was war, ihm ging's immer gleich besser, sobald er sie sah. Er will gar nicht daran denken, wie sein Leben ohne Melissa aussähe.

Er rückt noch dichter ans Bett und flüstert ihren Namen. »Melissa, bitte wach auf. Alles wird gut werden, du brauchst keine Angst zu haben. Niemand ist dir böse, echt wahr. Niemand.« Aber Melissa reagiert nicht.

Erneut kommt die Krankenschwester herein. Dieses Mal befestigt sie einen weiteren Beutel am Infusionsständer.

»Das ist Feuchtigkeit«, sagt sie. »Deine Freundin ist ausgetrocknet.«

»Kommt das durch das Atropin?«, fragt Jan.

Die Schwester schüttelt den Kopf. »Wir haben in ihrem Blut kein Atropin gefunden. Sie hat zu viele Pillen geschluckt und dadurch ist ihre Körpertemperatur gestiegen. Wenn man dann wie wild tanzt und nicht genug trinkt, geht's schief.«

Ich will es wissen, denkt Jan. Ich muss! Er traut sich beinahe nicht zu fragen, aber als sich die Krankenschwester umdreht, nimmt er all seinen Mut zusammen. »Schwester . . .« Weiter kommt er nicht. Die Tränen laufen über seine Wangen.

»Ich weiß, was du fragen willst.« Sie legt eine Hand auf Jans Schulter. »Wir können nichts mit Sicherheit sagen. Die eine schafft's, die andere nicht.«

Also nicht, denkt Jan. Sag's ruhig, Melissa wird nicht mehr zu sich kommen. Sie wird sterben, genau wie Mette. Er vergräbt das Gesicht in seinen Händen. Ihm fällt der Zettel ein, der vor einiger Zeit auf seinem Tisch gelandet ist. HILFE stand darauf. Melissa muss damals sehr verzweifelt gewesen sein und ein Vorgefühl gehabt haben, dass es schiefgehen wird. Er hätte mit ihr fortgehen sollen, nach England, zu seinem Brieffreund Steve. Da hätten sie sicher bleiben können. Aber anstatt sie von Jim fernzuhalten, hat er sie noch zu ihm ins Studio gefahren. Bescheuerter geht's nicht . . . Jan sieht auf, als sich die Tür öffnet. Melissas Eltern kommen herein. Jan hat sie vor ungefähr zwei Wochen zum letzten Mal gesehen und es scheint, als seien sie in dieser Zeit um zehn Jahre gealtert.

»Melissa, Kind . . .«, stammelt Herr de Raaf, als er seine Tochter sieht. Melissas Mutter fängt zu weinen an.

Jan hat keine Ahnung, wie lange er schon neben Melissas Bett sitzt. Es scheint Stunden her zu sein, dass es draußen hell geworden ist. Bereits zum zweiten Mal fragt die Schwester nach, ob sie etwas bringen soll. Sie nehmen lediglich etwas Tee, und das auch nur, weil die Schwester sie drängt.

»Möchtest du dich nicht kurz ausruhen?«, fragt sie, als sie die Müdigkeit in Jans Gesicht entdeckt. »Wir melden uns bei dir, sobald sich an Melissas Zustand etwas ändert.«

Aber Jan denkt nicht daran zu gehen. Zu dritt sitzen sie ums Bett herum. Seit Herr und Frau de Raaf im Zimmer sind, ist die Situation für Jan noch schwerer auszuhalten, jetzt spürt er nicht nur seinen eigenen Schmerz, sondern auch noch den von Melissas Eltern.

Herr de Raaf starrt bewegungslos vor sich hin und seine Frau redet vor lauter Anspannung an einem Stück auf Melissa ein, als ob sie es hören könnte. Sie schmiedet einen Plan nach dem anderen für die Zeit, wenn Melissa wieder zu Hause ist. Das findet Jan am schlimmsten. Er ist sich sicher, dass nichts von alldem in die Tat umgesetzt werden kann.

Er selbst hält krampfhaft Melissas Hand fest. Genau wie früher, als er in die Vorschule kam. Da hatte er sich an die Hand seiner Mutter geklammert, aus Angst, sie könnte fortgehen. Jetzt hat er Angst, dass ihn Melissa verlässt. Es kommt ihm vor, als stünde er vor einem schwarzen Loch, unendlich tief, in das er jeden Augenblick hineinfallen könnte.

Vorsichtig streichelt Jan Melissas Hand. Er hat das Gefühl, sich für immer verabschieden zu müssen. Langsam wandert sein Blick über die Decke zu ihrem blassen Gesicht. Was er dann sieht, kann er kaum glauben: Melissa öffnet die Augen.

»Melissa . . .«, flüstert Jan.

Sie lächelt ihn an, ganz kurz, und dann fallen ihre Augen wieder zu.

Der Arzt muss es ein paar Mal wiederholen, bevor Jan es

glauben kann. »Sie ist außer Lebensgefahr. Sie schläft.« Melissas Mutter fällt dem Arzt um den Hals und Herr de Raaf gibt Jan vor Freude einen Kuss. Das wird ihm Melissa nie abkaufen: ein Kuss von ihrem Vater, der immer so unnahbar ist.

Sie dürfen noch eine Viertelstunde bei Melissa bleiben, dann schickt der Arzt sie nach Hause. »Melissa ist erschöpft und braucht Ruhe. Wenn Sie Glück haben, ist sie heute Abend schon wieder für einen Augenblick ansprechbar.«

Jetzt findet es Jan nicht mehr schlimm, Melissa allein zu lassen. Er hüpft beinah aus dem Krankenhaus.

»Soll ich dich irgendwo hinfahren?«, fragt Herr de Raaf, als sie draußen stehen.

Das ist zwar ein nettes Angebot, findet Jan, aber er fährt lieber mit dem Fahrrad. Da fällt ihm ein, dass er ja mit dem Krankenwagen mitgefahren ist! Also steigt er doch ins Auto und lässt sich nach Hause bringen. Er hat noch keine Lust, sein Rad abzuholen, zuerst einmal möchte er sich frisch machen.

Durch seinen Kopf flitzen die tollsten Gedanken. Sie werden es klasse auf Kreta haben. Und die *Tiener-Tour* kann jetzt doch noch stattfinden. Prima, dass Timo mitkommt! Mein Gott, das weiß Melissa ja noch gar nicht! Jan seufzt. Es gibt eine Menge, was sie noch nicht weiß. Zum Beispiel, dass ihre Oma nicht mehr im Krankenhaus liegt. Und er muss ihr unbedingt erzählen, dass er sich in sie verliebt hat.

Jetzt, da die Anspannung vorbei ist, bekommt er Hunger. Er wird sich ein riesiges Omelett machen, vorher aber will er Fleur und Kevin anrufen.

Jan ist in Feierstimmung. Noch vor einer halben Stunde dachte er, er würde Melissa für immer verlieren.
Was heißt hier Omelett?, denkt Jan, als der Wagen vor seinem Haus anhält. Ich frage Fleur und Kevin, ob sie mit zu McDonald's kommen. Ich hab Bock auf einen Big Mac und Kevin sicher auch. Wir müssen doch feiern, dass alles gut ausgegangen ist!
Erst als Jan aus dem Auto steigt, merkt er, wie müde er ist. Auf wackeligen Beinen läuft er zur Haustür.
Am liebsten würde er es laut hinausposaunen, als er ins Haus kommt: »Melissa wird wieder gesund!« Es ist schon eine ganze Weile her, seit er unter der Dusche gesungen hat. Bei Kevin zu Hause geht niemand ans Telefon, die haben natürlich die halbe Nacht gefeiert. Fleur ist genau wie Jan überglücklich, aber zu McDonald's möchte sie nicht, denn sie hatte gerade gegessen. Als sich Jan ein Omelett machen will, drückt ihn sein Vater auf einen Stuhl. »Setz dich hin, du bist viel zu erschöpft.«
Seine Mutter setzt sich zu ihnen. Fleur hat ganze Arbeit geleistet, fällt Jan auf, denn seine Eltern meckern nicht über seinen nächtlichen Ausflug. Zuerst ist er noch viel zu glücklich, um etwas zu merken, aber nach einer Weile fällt ihm auf, dass seine Eltern seine Freude nicht teilen.
»Hallo, Melissa ist wieder da – falls ihr es noch nicht gehört habt!«
Sein Vater lässt das Eigelb in die Pfanne laufen. »Ja, Gott sei Dank.«
Jan sieht seine Eltern an. »Interessiert euch das gar nicht?«
»Aber natürlich. Wir freuen uns ja auch«, antwortet sein Vater, »aber eine Lösung ist das noch nicht.«

»Wieso Lösung?« Jan versteht diese Reaktion nicht. »In ein paar Tagen darf Melissa vielleicht schon nach Hause. Und dann wird alles wieder, wie es war.«
Jans Vater dreht das Gas unter der Pfanne hoch. »Bis sie wieder ihre Koffer packt.«
Jan sieht seinen Vater an und merkt, wie die Wut in ihm aufsteigt. »Was soll diese negative Tour? Oh, versteh schon! Ihr denkt: Einmal Dieb, immer Dieb.«
»So meint Papa es nicht«, schaltet sich seine Mutter in die Diskussion ein. »Aber die Gefahr, dass alles wieder von vorne losgeht, ist groß.«
Jan springt auf und rennt zur Tür. »Ihr wartet ja nur drauf! Warum schließt ihr keine Wette ab? Ist doch spaßig! Zufälligerweise redet ihr gerade über meine Freundin, klar?!« Wütend stapft er die Treppe hinauf.
Meschugge, die zwei! So schnell wird er sich unten nicht wieder blicken lassen, das Omelett kann ihm gestohlen bleiben – sollen sie's seinetwegen selber essen. Er kann sich später ein paar Fritten holen. Seine Wut hat sich noch nicht gelegt, als er kurz darauf Schritte auf der Treppe hört. Hoffentlich ist es nicht seine Mutter, dazu hätte er jetzt absolut keinen Nerv. Er überlegt sich, die Tür abzuschließen, aber – zu spät! Schon tritt Fleur ins Zimmer.
Überrascht sehen sie sich an. Jan, weil er nicht mit ihr gerechnet hat, und Fleur, weil Jan sie so wütend ansieht.
»Was ist denn mit dir los?«, fragt sie.
Jan ist nicht mehr zu stoppen. Er habe die schlimmsten Eltern der Welt, die müssten sich mal dringend vom Psychiater untersuchen lassen. Es sei geradezu ein Wunder, dass er

normal geblieben ist. »Was guckst du mich so an?«, fragt er Fleur, als er fertig ist.
»Du bist ganz schön wütend, was?«
»Wundert dich das?«, fragt Jan. »Wir freuen uns ein Loch in den Bauch und sind erleichtert, weil sie wieder da ist, und meine Eltern fangen von vorne an!«
Fleur setzt sich zu ihm aufs Bett. »Vielleicht bist du gar nicht so erleichtert, wie du glaubst. Wieso solltest du sonst so an die Decke gehen?«
Als Jan Fleur voller Unverständnis ansieht, legt sie einen Arm um seine Schultern. »Du hast Angst«, sagt sie. »Und das wundert mich nicht. Wir haben alle Angst, mit dem Unterschied, dass deine Eltern sich trauen, es auszusprechen.«
Jan will etwas dagegen einwenden, aber tief im Innern weiß er, dass Fleur recht hat. Solange Melissa im Krankenhaus liegt, ist sie sicher und muss sich keiner Sorgen machen. Aber was passiert, wenn sie zu Hause ist? Wird sie rückfällig werden und Pillen einwerfen?
»Was glaubst du? Nimmt sie wieder welche?«, fragt Jan.
Fleur zuckt mit den Schultern »Keine Ahnung. Und du? Sag ehrlich . . .«
Es bleibt lange still im Zimmer.

22.

Melissa hat unglaubliches Glück gehabt. Sie ist gründlich untersucht worden und es sieht danach aus, als ob ihr Körper tatsächlich keine bleibenden Schäden zurückbehalten wird. Natürlich muss sie noch ein paar Tage zur Überwachung im Krankenhaus bleiben. Als Jan zu Besuch kommt, ist er überrascht, weil sie nicht wie gestern schläft, sondern aufrecht im Bett sitzt und ihren Walkman hört.

»Das sieht ja schon gut aus«, sagt er.

Melissa nickt. »Ich bin sogar schon rumgelaufen. Sieh mal, was ich bekommen habe.« Sie zeigt auf eine prall gefüllte Obstschale. »Von der Klasse.«

»Klar, wusste ich!«, sagt Jan.

»Und von Debby habe ich auch eine Karte bekommen. Das ist wirklich nett von ihr.«

Jan sieht Melissa nachdenklich an und dann fragt er sie, was ihm schon seit Langem auf den Nägeln brennt. »Wenn du nicht darüber sprechen willst, brauchst du es nur zu sagen. Ähm, also . . . Wusste Jim wirklich nicht, wo du warst?«

»Jim?« Melissa reagiert nicht gerade erfreut auf diesen Namen. Jan bereut sofort seine Frage.

»Sorry«, sagt er, als Melissa ihr Gesicht abwendet.

»Schon gut«, sagt Melissa und seufzt. »Du hast ein Recht darauf, es zu erfahren.« Und sie erzählt, was passiert ist, nachdem sie bei Jim auf den Roller gestiegen war.

Als sie bei ihm zu Hause ankamen, war Jim noch ganz normal. Sie hatte von ihm eine Pille bekommen und er selbst hatte auch was genommen. Im Nachhinein hatte Melissa den Eindruck, dass ihm die Pillen nicht gut bekommen sind, denn plötzlich wurde Jim sehr aggressiv.

»Er schrie mich an, ich würde bei ihm in der Kreide stehen«, erzählt Melissa.

»In der Kreide stehen?«

Melissa zuckt mit den Schultern. »Ich wusste auch nicht, was er meinte. Du errätst nie, worum es ging.«

»Nein, keine Ahnung«, sagt Jan.

»Weißt du noch, wie sie mich in der Disco mit den Pillen erwischt haben?« Als Jan nickt, erzählt Melissa weiter. »Die hatte Jim in meine Tasche gesteckt.«

»Das hatte ich schon lange vermutet«, meint Jan. »Aber dafür konntest du doch nichts!«

»Er sagte, es sei meine Schuld gewesen, dass man mich gefilzt hätte. Er behauptete, ich hätte die Aufmerksamkeit der Polizei auf mich gelenkt, als sie ins *Florida* gekommen sei. Deswegen hätte Jim Hunderte von Gulden in den Sand gesetzt.«

»Der hat Nerven! Er hätte sich lieber bei dir entschuldigen sollen.«

»Da war Jim aber anderer Meinung. Er fand, ich sollte die Schulden bei ihm abarbeiten.«

Jan merkt, wie wütend Melissa wieder wird, wenn sie davon erzählt. »Das reicht für heute«, sagt er. »Du regst dich viel zu sehr auf. Das ist nicht gut für dich.«

»Hör mal zu, das Schlimmste kommt noch. Weißt du, was ich tun sollte?«

»Na?«
»Ich sollte Drogen in einer Grundschule verkaufen!«
Jan erschrickt. »Hast du das etwa gemacht?« Er hat mal irgendwo gelesen, wie das funktioniert. Die Kinder kaufen die Pillen nicht für sich, sondern verkaufen sie weiter. Und schon hängen sie mit drin in all dem kriminellen Umfeld. Wer dazu anstiftet, hat kein Gewissen.
»Natürlich habe ich das nicht gemacht! Ich bin doch nicht bescheuert! Ich habe Jim erklärt, dass ich für so was Widerliches nicht zu haben bin.«
»Und dann?«
»Er wurde stinksauer und fing an, mich niederzumachen. Er sagte, ich sei für alles zu blöde und ich könne absolut nicht tanzen. ›Dich krieg ich noch‹, drohte er mir. Dann bin ich weggerannt. Ich fühlte mich furchtbar, Jan. Ich bin vollkommen durchgedreht und wusste nicht mehr, wo ich hinsollte.«
»Wieso bist du nicht einfach nach Hause gegangen?«, fragt Jan.
Melissa schüttelt den Kopf. »Das traute ich mich nicht. Ich schämte mich so und hatte Angst, meinen Eltern unter die Augen zu treten. Meine ganze Hoffnung hatte ich in den Clip gesetzt. Meine Eltern wären stolz auf mich gewesen und ich hätte eine super Ausrede gehabt für all meine Lügen und die Drogen. Ich dachte, ich hätte alles verpatzt, auch in der Schule.«
»Und wo bist du dann hingegangen?«, fragt Jan.
»Du, ich weiß es gar nicht mehr . . . Ich bin stundenlang herumgelaufen. Schließlich bin ich am Bahnhof gelandet

und da habe ich Kelly getroffen. Ich muss wohl furchtbar ausgesehen haben, denn sie hatte Mitleid mit mir und hat mich in ein besetztes Haus gebracht.«

»Das weiß ich und auch, dass du am nächsten Morgen verschwunden warst. Aber was ist dann passiert?«

»Dann habe ich Hennes getroffen. Der war auch von zu Hause weggelaufen. Er wohnte bei Freunden auf einem Hausboot und meinte, ich könnte da auch unterschlüpfen. Das habe ich dann getan. Ein wunderschönes blaues Boot war das, in der Bierkade.« Melissa sieht verlegen auf den Boden.

Jan erschrickt. Ob sie sich in Hennes verliebt hat? »Hast du dich dort wohlgefühlt?«, fragt er vorsichtig.

Melissa schüttelt den Kopf. »Es war alles so schwierig.« Jan sieht eine Träne auf die Decke fallen. »Ich vermisste euch so: meine Eltern und dich und Fleur und Kevin. Ich wurde richtig depressiv und habe noch mehr Pillen geschluckt. Am Abend bei der Houseparty hatte ich fünf Stück intus. Na, wie es weiterging, weißt du ja.«

»Auf jeden Fall ist das Thema Jim gegessen!«, stellt Jan erleichtert fest.

»Auf keinen Fall, das könnte ihm so passen!« Melissas Stimme überschlägt sich. »Jetzt sucht er sicherlich jemand anderes, der diese miesen Geschäfte für ihn erledigt. Jim schnapp ich mir, Jan. Da kannst du Gift drauf nehmen!«

Melissa meint es wirklich ernst, denkt Jan. Sobald sie gesund ist, wird sie Jim auf die Pelle rücken. Jan wird schon allein bei dem Gedanken nervös. Jim ist nicht zu unterschätzen und er möchte Melissa warnen, genau wie es die Polizei bei ihm getan hat. Aber er hält sich zurück. Er merkt, dass

Melissa müde ist. Sie ist zurück in ihr Kissen gesunken und kurz darauf fallen ihr die Augen zu.
Jan steht auf und fährt nach Hause. Unterwegs denkt er über Melissas Worte nach. Sie muss Jim in Ruhe lassen!
Als Jan zehn Minuten später ins Wohnzimmer kommt, breitet sein Vater vor ihm die Zeitung aus. Das macht er öfters, wenn er findet, Jan müsse unbedingt einen Artikel lesen.
»Wie hieß dieser Tänzer doch gleich, mit dem Melissa zu tun hatte?«
»Jim Todd«, antwortet Jan. »Wieso?«
»Dann haben sie ihn geschnappt!«
»Echt?« Jan beugt sich sofort über die Zeitung. Seine Augen überfliegen die schwarzen Buchstaben: *Polizei berüchtigtem Drogenring auf der Spur! Der Hauptverdächtige Jim Todd wurde gestern festgenommen und verhört.*
»Sie haben ihn«, jubelt Jan. Er holt eine Schere und schneidet den Artikel aus.
»Was hast du vor?«, fragt sein Vater, als Jan seine Jacke anzieht.
»Das«, Jan wedelt mit dem Artikel, »muss ich mal kurz im Krankenhaus abgeben. Ich glaube, dass Melissa davon ganz schnell gesund werden wird.«
»Wir essen gleich«, ruft ihm seine Mutter nach, aber Jan ist schon draußen.

Es ist schon wieder sechs Wochen her, seit Melissa aus dem Krankenhaus entlassen wurde. Inzwischen geht es ihr wieder sehr gut. Ab und zu vergessen ihre Freunde sogar, was passiert ist. Vor allem Kevin, denn der hat endlich seinen

Rotor für den Lenker bekommen und ist seitdem nicht mehr von seinem BMX herunterzukriegen. Fleur ist meistens bei Timo. Jan ist immer noch schnell beunruhigt, genau wie Melissas Eltern: Sie braucht nur ein paar Minuten zu spät zu kommen, schon hängt er am Telefon. Zu Anfang, wenn Melissa während der Stunde aufs Klo ging, hatte Jan Angst, sie würde nicht mehr zurückkommen. Aber da es schon so lange gut geht, kehrt sein Vertrauen allmählich zurück. Morgen fängt die Klausurwoche an. Direkt nach der Schule hat sich Jan an seine Hausaufgaben gesetzt. Er hasst die Klausurwoche: zwei Prüfungen am Tag, eine Woche lang. Jeden Tag beweisen müssen, was man draufhat – das stresst ihn total.

Er ist in sein Biologiebuch vertieft, als ihn das Klingeln des Telefons unterbricht. Mürrisch geht er nach unten. Das wird Fleur sein, die wissen will, wann sie seine Aufzeichnungen abholen kann. Pech für sie, denn vor heute Abend wird er nicht fertig sein. Außerdem hatte Fleur die ganze Woche Zeit gehabt, seine Aufzeichnungen abzuschreiben.

»Hallo?«

»Jan, hier ist Anne de Raaf. Melissa ist noch nicht zu Hause, steckt sie vielleicht bei dir?«, tönt es nervös aus dem Hörer.

»Nein«, antwortet Jan, der fühlt, wie sich Panik breitmacht.

»Sie ist kurz zu Hause gewesen«, erzählt Frau de Raaf. »Oh, Jan, ich habe solche Angst, dass es wieder schiefgeht. Sie hat ihre EC-Karte mitgenommen. Heute Morgen lag sie noch auf Melissas Schreibtisch und jetzt ist sie weg.«

»Ihre EC-Karte?« Jan wagt es nicht, seine Gedanken laut auszusprechen. Nachdem er aufgelegt hat, ruft er sofort Ke-

vin an. Aber der ist nicht zu Hause. Fleur jedoch ist zum Glück da. Sie ist genauso erschrocken wie Jan.
»Hast du eine Idee, wo Melissa sein kann?«, fragt sie.
»Bei Hennes vielleicht. Weißt du, der Junge von dem Hausboot, bei dem sie gewohnt hat.«
»Dann lass uns hinfahren«, meint Fleur sofort. »Weißt du, wo der Kahn liegt?«
»Sie hat's gesagt . . .« Jan muss scharf nachdenken und dann fällt es ihm wieder ein. »Es ist ein blaues Boot in der . . . . es hat was mit einem Getränk zu tun. Ach ja, in der Bierkade.«

Keine zehn Minuten später fahren Fleur und Jan durch die Stadt – so schnell sie können. Ohne ein Wort gesagt zu haben, denken sie dasselbe: Wir müssen da sein, bevor Melissa etwas nehmen kann.
»Das wird nicht leicht«, sagt Fleur, als sie in der Bierkade ankommen. »Wohnboote wie Sand am Meer.«
»Aber sie sind nicht alle blau«, kontert Jan.
Langsam fahren sie die Uferstraße entlang, bis Fleur in die Ferne zeigt. »Das da müsste es sein.«
Jan erkennt ein blaues Boot, kann aber Melissas Rad nirgends entdecken. »Ich frag mal«, sagt er und klopft an die Tür. Ein älteres Mädchen öffnet.
»Wohnt hier ein gewisser Hennes?«, fragt er.
»Nicht mehr. Den haben wir rausgeworfen. Ab und zu mal eine kiffen, das machen wir alle. Aber der fing mit Heroin an, und das können wir hier nicht gebrauchen. Das dauert nicht lang und plötzlich ist der CD-Player weg oder der Fernseher.«

»Hast du eine Ahnung, wo er jetzt ist?«, fragt Fleur.
»Keinen blassen Schimmer! Ich hang gerade am Telefon, also . . .«
Das Mädchen schließt die Tür.
Fleur und Jan sehen sich an. Wenn Melissa wirklich bei Hennes ist, dann prost Mahlzeit!
»Wusstest du, dass man schon nach dem zweiten Schuss Heroin abhängig sein kann?«, fragt Jan.
Fleur legt ihm die Hand auf den Arm. »Hör mal, wenn das passiert, dann hat sich Melissa selbst dafür entschieden. Dann müssen wir sie abschreiben, klar? So traurig es auch ist . . .«
Jan sagt nichts. Er weiß, dass Fleur recht hat. Wenn das wirklich passiert, wird er Melissa aus seinem Leben streichen müssen. Er sieht sie schon vor sich: ganz dünn und die Arme übersät mit blauen Flecken. Hatten seine Eltern dann doch recht gehabt?
Schweigend fahren sie durch die Stadt. Genau wie vor ein paar Wochen sehen sie sich um, ob sie Melissa irgendwo entdecken können. Da Fleur heute wieder früher als sonst zum Essen nach Hause muss, trennen sie sich vor der Ziehbrücke. Jan verspricht, sie anzurufen, sobald er etwas hört.
Als Jan das Zentrum hinter sich hat, kommt er an der alten Kirche vorbei, die gerade abgerissen wird. Normalerweise hätte er sicher angehalten und zugesehen, aber jetzt fährt er einfach weiter. Es interessiert ihn nicht die Bohne, ihm kann gerade alles gestohlen bleiben! Wenn Melissa Heroin nimmt, dann . . . Er muss an ihre Eltern und ihre Oma denken, die genauso verzweifelt sein werden wie er. Und sie

dachten doch, dass alles wieder in Ordnung sei. Alle hatten das gedacht.

Er selbst war noch am meisten davon überzeugt gewesen, dass Melissa es schaffen würde. Es schien, als ob sie plötzlich aufwachen würde und sich wieder für alles interessierte. Das war also ein Trugschluss gewesen. Melissa hatte sie alle schwer enttäuscht. Jan biegt links ab.

Er will noch kurz bei Melissas Eltern vorbeischauen. Seit dem Erlebnis im Krankenhaus verstehen sie sich prima.

»Und?«, fragt Frau de Raaf, als sie die Tür öffnet.

Jan schüttelt den Kopf. »Wir haben sie nicht gefunden.«

»Ach, Junge!« Melissas Mutter legt ihren Kopf auf Jans Schulter und beginnt zu schluchzen. »Du hast getan, was du konntest, Jan. Du bist ein fantastischer Freund für Melissa gewesen.«

Gewesen? Jan läuft ein Schauer über den Rücken.

Anne de Raaf schenkt ihm ein Glas Cola ein. Eigentlich hat Jan überhaupt keinen Durst, aber es ist ihm auch zu blöd, es stehen zu lassen. Sein Glas ist noch halb voll, als die Haustür geöffnet wird.

Jan rennt in den Flur. »Melissa . . .«

»Puh!« Sie kommt ins Zimmer, als ob nichts gewesen wäre.

»Wir fragen dich lieber nicht, wo du gewesen bist«, sagt ihr Vater.

»Nein, wieso auch.« Melissa fischt sich einen Keks aus der Dose und beißt rein. »Das wisst ihr ja sowieso. Es war klasse bei Inge. Mensch, bin ich froh, dass ich mich das getraut habe. Ich hatte gedacht, sie sei sauer, aber sie hat sich gefreut, dass ich wieder zum Jazzdance komme.«

Jan sieht Melissas Eltern an, dass sie ihr die Geschichte nicht abkaufen. Er selbst hält sie auch für eine Ausrede. Warum sollte Melissa, ohne ein Wort zu sagen, zu Inge gehen? Melissa weiß doch, wie schnell sich alle Sorgen machen.

»Wozu hattest du eine EC-Karte nötig?«, fragt Frau der Raaf.

»Oh, ich habe Blumen für Inge gekauft. Ich hatte wirklich was gutzumachen, fand ich.« Als Melissa das Gesicht ihrer Mutter sieht, wird sie misstrauisch. »Glaubt ihr mir etwa nicht?«

»Wir waren beunruhigt«, umgeht Frau de Raaf die Antwort auf Melissas Frage. »Du hattest nichts gesagt.«

»Ich hab euch doch einen Zettel hingelegt«, sagt Melissa entgeistert. »Reicht euch das etwa nicht?«

»Einen Zettel?«

»Ja, hier auf die Kommode.« Melissa will ihn holen, aber dort liegt nichts.

»Vielleicht ist er hinten runtergefallen.« Herr de Raaf bückt sich und taucht mit dem Zettel in der Hand wieder auf.

Jan sieht Melissa an. Sie erscheint ganz ruhig und er würde ihr gern glauben.

»Ich hol mir was zu trinken«, sagt Melissa und steht auf.

»Mama, gehst du dran?«, ruft sie aus der Küche, als das Telefon klingelt.

»Ah, Inge!«, hört Jan Frau de Raaf sagen. »Ja, es geht ihr wieder gut, nicht wahr? Nein, du musst dich nicht bei mir bedanken. Die Blumen hat Melissa gekauft, von ihrem eigenen Geld. Ich wusste nichts davon. So, so, es steht wieder ein Auftritt auf dem Programm. Wir werden sicher kommen.«

Melissa ist also wirklich bei Inge gewesen, denkt Jan. Es

geht ihr wieder gut und sie will sogar wieder Jazzdance machen!

»Darf ich Fleur kurz anrufen?«, fragt Jan, als Frau de Raaf aufgelegt hat.

»Komm mit.« Melissa drückt Jan das Telefon in die Hand und zieht ihn in ihr Zimmer.

»Hi, Fleur«, sagt Jan. Er will nicht, dass Melissa merkt, dass sie sie gesucht haben, und tut deswegen so, als ginge es über den Biologietest. »Wenn du meine Aufzeichnungen von Biologie noch willst, kannst du sie nicht vor acht abholen. Und, ähm .... ich bin jetzt bei Melissa. Ja, sie ist gerade bei Inge gewesen, sie wird wieder Jazzdance machen. Gut Fleur. Tschüss!«

Melissa kennt Jan viel zu gut und hat ihn sofort durchschaut. »Ihr habt euch Sorgen gemacht«, sagt sie. »Ihr dachtet, ich . . .«

Jan wird rot. »Sorry, aber . . . vor Kurzem noch da . . .« Er rechnet damit, dass Melissa tierisch sauer wird, aber sie nimmt seine Hand.

»Ihr Süßen! Aber glaub mir, Jan, es ist wirklich vorbei. Ich weiß es genau. Kommst du, wenn wir den Auftritt haben?«

»Na klar!« Jan sieht Melissa in die Augen. Du bist so schön, denkt er. Zu gerne würde er ihr gestehen, dass er sich in sie verliebt hat, aber er lässt es sein. Sie ist noch viel zu sehr mit sich selbst beschäftigt. In den Sommerferien, wenn sie zusammen auf Kreta sind, weit weg von der Schule, von Hennes und Jim, dann wird sie es zu hören kriegen. Jan spürt, wie Melissa ihn anschaut.

»Woran denkst du?«, fragt er.

»Ich wollte dir eigentlich etwas sagen«, Melissa zögert, »aber vielleicht ist es noch zu früh.«
»Das ist witzig«, sagt Jan. »Ich wollte dir auch etwas sagen, aber ich dachte, ich warte lieber noch.« Sie sehen sich an und plötzlich weiß Jan, dass Fleur recht hatte. Melissa ist auch in ihn verliebt. Er kann es in ihren Augen sehen.
»Wir sagen also noch nichts?« Melissa fährt mit ihrem Finger über seine Lippen.
»Nein«, sagt Jan lachend. Ihre Gesichter kommen sich immer näher, ganz dicht, und auf einmal geben sie sich einen Kuss. Jan sieht Melissa an, verliebt bis über beide Ohren. »Ich . . .«
»Pst!«, flüstert Melissa. »Wir wollten doch nichts sagen.« Sie nimmt Jans Gesicht in ihre Hände und küsst ihn – lang und innig.

Kristina Dunker

Helden der City

Ganz oben, sechzig Meter über der Erde, hat Vivi unglaubliche Angst, aber schließlich will sie sich jetzt nicht blamieren – sie wagt den letzten Schritt! Doch der Bungee-Sprung ist erst der Anfang: Immer extremer werden die Aktionen der Clique – da begegnet ihnen völlig unerwartet eine Mutprobe ganz anderer Art ...

Arena

168 Seiten • Arena-Taschenbuch
ISBN 978-3-401-50894-8
www.arena-verlag.de